KB052909

츠키요 루이
일러
스트 레이아

3

세계 최고 의
암살자, 이세계 귀족 으로
전생 하다
The world's best assassin,
To reincarnate in a different world aristocrat

Contents

The world's best assassin,
to reincarnate in a different world aristocrat

✝ 디아
여러 사정으로 연상이면서
루그의 동생이 된다. 마법
재능으로는 인류 최고
클래스.

✝ 마하
루그가 만든 화장품 브랜드의
대표 대리. 자금과 물자의
원조, 정보 수집 등으로 루그를
백업한다.

✝ 노이슈
4대 공작 중 하나인
게피스 가문의 장남.
재능 넘치며 노력을
게을리하지 않는 미남.

✝ 에포나
역대 최강이자 가장
마음이 불안정한 용사.

† 타르트

루그의 전속 메이드이자 암살
조수. 자신을 거둬 준 루그에게
의존하는 경향이 있다.

† 루그

신동이라고 불리는
암살 귀족의 장남.
전생하기 전에는 세계 최고의
암살자였다. 그 지식과 경험을
마법과 조합해 나간다.

"그 정도 마법이라면
경계할 필요는 없었네."

3

세계 최고 의 암살자, 이세계 귀족으로 전생하다

The world's best assassin,
To reincarnate in a different world aristocrat

츠키요 루이 일러스트 레이아

옮긴이 송재희

프롤로그 ─ 암살자는 이어받는다

The world's best assassin, to reincarnate in a different world aristocrat

학원이 휴교해서 우리는 투아하데로 돌아 왔다.

지난 오크 마족의 습격으로 학원을 지키는 방벽이 엉망이 되어 요새로서 기능하지 못하 게 되었기에 시급한 복구가 필요해졌기 때문 이다.

지금 상태로는 그런 곳에 아이를 맡길 수 없다며 부모가 난리 친다.

마물과 싸우는 것은 귀족의 의무다.

그러나 마물 군세가 공격해 올 가능성이 있 음에도 불구하고 붕괴된 요새라는 사지에 아 이를 보내라고 강제할 수는 없는 노릇이다.

그런고로 방벽 수복이 끝날 때까지는 학생 들을 집에 돌려보내기로 결정됐다.

학생들은 두 달, 여름 방학을 앞당겨 각지 로 흩어졌고 우리 세 사람도 고향에 돌아온 것이다.

"역시 투아하데는 좋네요."

"맞아. 왕도처럼 예술적이고 정연한 거리도 좋지만 나는 자연과 함께 있는 투아하데가 더

9

좋아."

변함없이 대두 밭이 일대에 펼쳐져 있었다.

유액의 재료로 쓰이는 대두는 날개 돋친 듯이 팔리고 있어서 대두 밭이 점점 늘어나고 있었다.

마하에게 정기적으로 보고를 받고 있는데 여전히 오르나의 사업은 순조로웠다.

마물이 출현하기 시작했는데도 화장품의 매상이 떨어지지 않는 것은 도시가 심각한 피해를 입지 않았기 때문이리라.

하지만 앞으로는 모른다.

이미 요새 하나가 함락됐다.

머지않아 마물의 증가로 도시와 도시를 잇는 유통망이 기능하지 못하게 되면 단숨에 경기가 나빠지며 기호품 종류는 수요가 감소할 것이다.

……실제로 최신 시장 조사 결과에서는 약과 무기류의 가격이 오르기 시작했다.

오르나도 이대로 있을 수는 없다. 한번 마하와 직접 만나서 이야기하고 싶다.

일찌감치 손을 써 두면 대처할 수 있는 안건도 시간이 지나면 어쩌지 못하게 된다.

"또 복잡한 표정을 짓고 있어. 루그는 늘 바쁜 것 같아."

"확실히 그렇지. 하지만 노력한 만큼 많은 것을 손에 넣었어."

귀족의 지위가 있어서, 투아하데의 암살자에 걸맞은 힘이 있어서, 발로르 상회의 자금력과 정보력이 있어서, 나는 타르트와 디아를 곁에 둘 수 있고 아무런 불편 없이 지내고 있다.

그것들의 대가라고 생각하면 바쁜 것도 나쁘지 않다.

"너무 능력이 좋아. 나는 딱 나를 행복하게 해 줄 만큼만 능력 있는 편이 안심되는데 말이야."

"루그 님이라면 아내가 많아도 문제없을 것 같아요……."

"곤경에 처한 여자가 있으면 전부 도와줘서 어느새 엄청난 수가 되어 있을 것 같아."

"아! 그거, 있을 법해요."

"둘 다 나를 대체 뭐라고 생각하는 거야."

확실히 타르트, 마하, 디아. 이 세 사람과의 만남은 너무 절묘했다.

하지만 앞으로도 비슷하게 누군가를 도와서 동료로 삼을 생각은 없었다.

혼자서 할 수 있는 일에 한계가 있기에 팀과 지원 역할이 필요했다.

하지만 팀은 많으면 많을수록 좋은 것이 아니다.

인원이 늘어날수록 노이즈가 커지고 의사소통이 어려워진다.

타르트와 디아를 조수로 두고 마하에게 지원을 받는다.

이거면 충분하다.

"뭐, 믿을게. ……타르트랑 저번에 소개해 준 아이는 OK지만. 이 이상 손대면 화낼 거야."

"저, 저기! 저랑 마하는 루그 님과 딱히 그런 관계가."

"그렇게 되고 싶다고 생각하잖아?"

타르트가 내 얼굴을 힐끔힐끔 보았다.

"그, 그야, 그건, 그렇지만요."

"그럼 적극적으로 나서. 조금 전에도 말했지만 타르트라면 화 안 내."

왜 디아는 적극적으로 바람피우기를 권하는 걸까?

나는 디아 말고 다른 여자에게 손댈 생각이 없는데.

아마 근본적인 사고방식이 귀족이기 때문이리라.

혈통을 남기는 것이 귀족에게 무엇보다 중요한 일이다.

마력 보유자의 수가 곧 군사력이다.

그래서 아내를 여럿 두는 것은 귀족의 의무이기도 했다.

……계속 아이가 생기지 않는 상급 귀족은 돈을 주고 하급 귀족의 씨나 배를 빌릴 정도였다.

그런 사정을 잘 모르는 타르트가 새빨개져서 고개를 숙였다.

『타르트를 두 번째 아내로 맞이한다.』

그 가능성을 생각해 보자. 만약 반드시 두 번째 아내를 들여야만 한다면 나도 타르트가 좋다.

귀족 영애를 아내로 들이면 여러 가지로 귀찮은 일을 떠안게 되고 성격의 상성도 있다.

다만 벌써부터 고민할 일은 아니었다.

"그런 얘기는 학원을 졸업한 다음에 해도 되지 않을까?"

"그건 그러네."

"하으, 루그 님과 결혼…… 제가, 으으으."

그러는 사이에 영지를 빠져나가 저택에 도착해서, 새빨개진 채

굳어 있는 타르트의 손을 잡아끌며 마차에서 내렸다.

◇

저택의 문을 열었다.

다음 순간, 은발 여성이 달려들었다.

"루그, 어서 와요! 마족이 나왔다고 듣고 걱정했어요. 무사해서
다행이에요."

"다녀왔어. 확실히 마족은 나왔지만 위험한 짓은 안 했어. 바로
용사가 쓰러뜨려 줬거든."

"거짓말만 하고! 루그가 단독으로 적진에 깊이 잠입해서 마족의
위치를 알렸다는 거, 분명하게 알고 있어요."

마족의 위치를 알렸다는 사실은 얼버무리지 않고 제대로 보고한
탓에 집에도 전달된 모양이다.

이번 마족 요격의 공적은 1등이 에포나, 2등이 나였다.

마족의 위치를 특정하지 못했다면 학원 측은 그대로 피폐해져서
쓰러졌을 것이다.

그날 나는 마물 무리 속에 단독으로 잠입하여 마족을 발견, 신
호탄을 쏴서 용사에게 위치를 알렸고, 용사가 올 때까지 마족을
계속 감시한 것은 높이 평가받았다.

이런 일을 할 수 있는 사람은 그 학원에서도 거의 없다.

"다음에 왕도에서 훈장을 줄 거라고 편지가 왔어요."

"그건 호들갑 아닌가."

높이 평가받았다는 것은 학원장에게 들었지만 훈장을 받는다는 말은 못 들었다.

"훈장을 준다는데 싫어하는 사람은 키안과 루그밖에 없을 거예요. 정말로 키안을 닮았네요."

투아하데는 그늘 속에서 사는 일족이라 겉으로 드러나는 것은 바람직하지 않았다.

이번 마족 습격이 내 힘이 없어도 문제가 없었다면 이렇게 눈에 띄게 나서지 않았을 것이다.

……무엇보다 나는 그런 성격이 아니었다. 아버지도 나와 비슷한 타입이다.

어머니는 내가 아버지를 닮은 것이 기쁜지 더욱 세게 끌어안아서 얼굴에 가슴이 눌렸다.

볼륨이 부족하기에 별로 기분 좋지는 않았다.

정말로 어머니와 디아는 닮았다. 비코네는 그런 핏줄인 거겠지.

어머니는 실제 나이가 믿기지 않을 만큼 젊다.

내 약혼자인 디아도 나이에 비해 앳되고 작다. 디아도 쭉 젊고 아름다운 대신 가슴은 계속 귀여운 채일지도 모른다.

"저기, 날 이상한 눈으로 보고 있지 않아?"

"무슨 소리인지."

디아는 가끔 날카롭다.

그러고 있으니 문이 열렸다.

"돌아온 모양이군."

아버지가 온 것이다.

아버지의 얼굴은 업무 모드였다.

"네, 돌아왔습니다."

어머니를 떼어 내자 작은 목소리로 매정하다고 중얼거리며 원망
스럽게 쳐다봤다.

어머니는 평소엔 아버지가 왔다고 해서 나를 놔주지 않지만, 아
버지가 암살 귀족 투아하데의 가주로서 행동할 때는 절대 방해하
지 않았다.

사랑스럽고 마이페이스인 여성이지만 투아하데의 여자였다.

"우선 칭찬하마. 잘했다. 용사에게 접근하여 신뢰를 얻은 것은
훌륭하다. 마족과의 첫 전투에서도 화려하게 활약한 모양이더군."

"주제넘은 짓을 해서 죄송합니다."

필요 이상으로 눈에 띈 것에 대해 머리를 숙였다.

"아니, 됐다. 상황이 변했다. 우리 가문에도 유리해."

눈에 띄어서는 안 되는 암살 귀족이 눈에 띄어도 괜찮은 상황?

……즉, 그런 건가.

"이번 싸움은 인류와 마족의 첫 전투라고도 할 수 있다. 그래서
알반 왕국은 이 승리를 대대적으로 다뤄서 전의를 고취하고 싶어
해. 용사가 활약하는 것은 당연해서 임팩트가 부족하지. 그렇기에
용사가 아닌 유망한 젊은이의 공적을 필요 이상으로 기릴 셈이야.
훈장 수여에 평상시보다 힘이 들어갈 거다. 그에 걸맞은 행동을 명

15

심해라."

"네."

전국의 귀족 자녀가 모인 요새가 고작 마족 하나에게 함락당한 것은 패배로도 볼 수 있었고 절망적인 상황이었다. 거기서 눈을 돌리려는 목적도 있으리라.

그러려면 그 이상의 성과를 전면에 내세울 수밖에 없다.

그 화살은 용사와 차점 공로자인 내게 향한다.

어느 정도 예측할 수 있었던 줄거리다.

"그리고 왕도에 가면 영웅이 된 너에게 빌붙으려고 다양한 귀족들이 접근할 거다. 잡아먹히지 않게 조심해라."

"네, 조심하겠습니다."

"연락 사항은 이걸로 끝이다."

아버지가 크게 숨을 들이마셨다.

아버지의 얼굴이 암살 귀족 투아하데의 가주에서 아들 바보의 얼굴로 바뀌었다.

스위치가 완전히 교체된 상태로 입을 열었다.

"……잘 돌아왔다. 에스리가 진수성찬을 준비해 뒀어. 학원에서 무슨 일이 있었는지 이야기해 다오."

"후후후. 루그가 좋아하는 요리를 잔뜩 만들었어요. 오리구이도 스페셜 사양이고, 오랜만에 베리파이도 구웠어요."

"그건 기대되는데. 타르트, 디아, 오늘 훈련은 식사가 끝난 뒤에 하자."

"네! 루그 님."

"윽, 루그, 오늘 같은 날은 좀 쉬자. 식후에 훈련이 있으면 술을 못 마시잖아."

타르트와 디아도 즐거워했다.

여러 가지로 수상쩍은 움직임이 있는 것 같지만, 지금은 돌아온 이 집의 따뜻함을 즐기자.

즐길 때 즐기며 마음의 피로를 푸는 것도 중요함을 이쪽 세계에서 배웠다.

제 1 화 ─ 암살자는 사냥한다

The world's best assassin, to reincarnate in a different world aristocrat

오랜만에 고향 집을 즐겼다.

역시 내 집은 좋다.

저녁 식사로 힐링됐다.

어머니의 요리는 특별히 맛있지는 않지만 입에 맞았다.

그저 그걸 먹으며 커서 그런 게 아니라 어머니를 좋아하기 때문이리라.

그리고 이튿날, 산에 사냥하러 나왔다.

어제 환대해 준 답례는 아니지만 오늘은 내가 만든 요리를 대접한다.

디아도 내가 만든 토끼고기 크림스튜를 먹고 싶다고 해서 재료를 찾으러 왔다.

"아직 마력과 체력은 괜찮아?"

"네, 어떻게든!"

내가 늘 이용하는 사냥터는 깊은 덤불길을 지나야 하고 맹수가 활동하는 영역이라 위험했다.

숲의 초입처럼 사람의 손길이 닿아 걷기 편하지도 않아서 그저 전진만 해도 체력이 소모되고 다리가 긁혔다.

이런 곳에서 사냥하는 것은 영민들과 사냥

감을 두고 싸우지 않기 위해서였다.

　영민 중에는 사냥으로 생계를 꾸리는 자도 있다. 그들을 방해하고 싶지는 않았다.

　그뿐만 아니라 몇 가지 이점도 있었다.

　사냥꾼조차 들어오지 않는다는 것은 많은 사냥감이 있다는 뜻이다.

　게다가 새로운 필드에서 하는 사냥은 좋은 훈련이 된다.

　나는 여기서 사냥하며 단련해 왔다.

　"알반 토끼가 지나간 흔적을 찾았어요. ……이걸 보면 아직 그리 멀리 가지는 않았을 터."

　험한 길을 지나며 몸놀림과 체력을 단련하고, 짐승이 남긴 작은 흔적을 놓치지 않도록 긴장하여 주의력과 집중력을 단련한다.

　옛날 생각이 나네.

　내가 지나온 길을 타르트가 따르고 있었다.

　타르트는 알반 토끼가 남긴 작은 흔적을 보고 사냥감의 위치를 추측하여 쫓았다.

　이번 사냥에서는 타르트의 약점을 극복하기 위해 두 가지 과제를 줬다.

　첫째, 산에 들어가면 계속 투아하데의 눈을 발동할 것.

　마력을 계속 소비하는 투아하데의 눈을 평범하게 쓰면 【초회복】이 없는 한, 금방 쓰러져 버린다.

　그렇기에 저출력으로 발동한 상태를 유지해야 했다.

　장시간, 최소한의 출력으로 계속 발동해서 마력 제어를 익힌다.

다른 하나는 새로 준비한 무기를 쓸 것.

타르트의 창은 일류라고 해도 좋을 영역이다.

이대로 초일류를 노리는 것은 당연하지만, 더 강해지는 지름길로 새로운 무기를 병용한다.

기사나 무술가의 정도(正道)에서 벗어나지만 우리는 암살자다.

그저 탐욕스럽게 강함을 추구한다.

타르트가 달렸다.

디아가 타르트의 요청을 듣고 만든 마법을 영창하며.

암살에 적합한 마법.

"【바람 그림자】."

타르트는 바람 카울을 둘러 공기 저항을 없애고 체력 소비를 억제하며 고속으로 이동하는 마법이 특기였다.

지금 발동한 마법은 그걸 어레인지한 것. 바람을 휘감아 가속하면서 그 바람이 냄새와 소리를 없애 기척을 지웠다.

단, 소리와 냄새를 완전히 지우지는 못했다. 소리와 냄새를 완전히 지우려면 매우 섬세한 조작이 필요했다.

그러면 마법 자체의 영창 난이도가 올라가고 제어하기 어려워진다.

그렇기에 마법 자체는 어느 정도 타협하여 처리를 가볍게 하고 부족한 부분을 암살 기술로 보완했다.

말로 표현하면 간단하지만 실행하기는 어려웠다.

"좋은 움직임이야."

알반 토끼는 청각과 후각이 아주 좋다.

풍하 측에서 다가가며 녀석에게 들키지 않는다면 합격점이다.

나는 조금 떨어진 곳에서 타르트를 지켜보았다.

타르트가 치마를 걷어 올렸다.

왼쪽 허벅지에는 분리된 창이 있었고 반대쪽에는 권총과 배럴이 있었다.

이게 바로 타르트에게 준 새로운 무기였다.

"타르트도 쓸 수 있는【총격】. 잘 되면 좋겠는데."

나와 디아가 쓰는【총격】에는 큰 결점이 있었다.

먼저【총격】은 불 속성의 폭발 마법을 써야 해서 극히 일부의 마력 보유자만이 쓸 수 있었다.

팔석 폭발로 탄환을 사출하는 경우에는 팔석에 마력을 담아 두기만 하면 누구든 쓸 수 있지만, 너무 큰 폭발력을 버티기 위해 무기가 거대해졌다.

그래서 개발한 것이 팔석을 분말 형태로 만든 파우더였다.

이게 있으면 파우더의 양을 조절해서 적절한 위력으로 조정할 수 있다.

타르트가 쓰는 권총의 탄환에는 권총 크기의 강도로 간신히 버틸 수 있을 만한 양의 파우더가 담겨 있었다.

타르트는 오른쪽 허벅지에서 권총을 꺼내고 단총신 총에 배럴을 장착했다.

지근거리에서는 다루기 쉽다는 단총신의 이점을 살리고, 중거리 이상일 때는 배럴을 장착하여 정밀도를 높인다.

타르트가 마력을 담자 팔석 파우더는 단숨에 임계 상태가 되어 폭발.

권총에서 탄환이 토출되고 알반 토끼의 머리가 터졌다.

타르트는 한 손으로 쐈지만, 마력 보유자라 신체 능력을 강화할 수 있기에 가능한 일이었다.

이 녀석의 위력은 매그넘탄의 두 배 이상이라 성인 남성이 양손으로 확실히 들고 쏴도 뒤로 날아갈 정도였다.

마력 보유자를 죽이기 위한 총으로 개발했기에 이런 엄청난 위력을 가진 총으로 만들었다.

"루그 님, 해냈어요! 먹을 수 있는 부분이 확실하게 남았어요."

아까 알반 토끼를 하나 잡기는 했었는데 토끼의 몸 중심에 탄환을 맞혀서 산산조각이 났다.

맛있게 먹으려면 머리 끄트머리를 스치게 쏴야 해서, 안 들킬 만한 선까지 최대한 다가가 냉정함을 유지하며 정밀 사격을 해야 했다.

이건 그런 훈련이었고 타르트는 그걸 완수했다.

"잘했어, 합격이야. 그 총은 쓰기 편해?"

"정말 멋져요. 여섯 발까지는 연사할 수 있다는 게 최고예요."

해머를 당기면 실린더가 회전하여 다음 탄환이 장전된다.

타르트에게 준 권총은 리볼버식으로 여섯 발까지 탄환을 넣을 수 있었다.

성능을 추구한다면 리볼버 권총이 아니라 자동 권총이 낫다.

하지만 만에 하나라도 폭발해서는 안 됐다.

장전된 탄환 말고는 외부 마력을 차단하는 기구를 탑재하려면 리볼버식이 더 좋았다.

　"그래? 불만점이 있으면 바로 말해 줘. 아직 테스트 제품이야. 개량은 필요해."

　"네! 생각나는 대로 빠짐없이 보고할게요. 그런데 이거 정말로 굉장해요. 영창도 필요 없고, 마력 보유자라면 누구든 엄청난 위력의 마법을 쓸 수 있다니."

　이 총은 타르트의 말대로 누구든 쓸 수 있게 만들었다.

　……장래 팔석이 없어도 되는 고성능 화약이 손에 들어오면 당장에라도 진정한 의미에서 누구든 쓸 수 있는 총을 만들 수 있도록.

　"영웅 한 명에게 전부 맡기는 시대는 언젠가 끝나. 이 총이 그 역할을 할지도 모르지."

　농담처럼 말했다.

　일찍이 중세 유럽에서는 총이 기사 사회를 몰아냈다.

　기사라는 특권 계급이 허락됐던 것은 기사들이 어릴 때부터 몸을 단련하고, 검술을 배우고, 압도적인 강자로서 군림하며, 농민을 지키는 힘이 있었기 때문이다.

　하지만 누구든 간단히 사람을 죽일 수 있는 총이라는 도구가 만들어진 순간, 모든 것이 변했다.

　기사들이 어릴 때부터 쌓은 단련은 총알 앞에서 아무런 의미도 없었고, 반대로 농민들은 며칠만 훈련하면 기사조차 죽일 수 있는 존재가 되었다.

기사들이 불필요해지며 농민들은 갈취당하는 것을 마땅찮게 느끼게 되었고 기사 사회는 끝났다.

"루그 님은 총을 전 세계에 뿌려서 지금의 사회를 끝내시려는 건가요?"

"지금은 아직 그럴 생각 없어."

이 세계는, 아니, 이 나라의 귀족 사회는 아슬아슬하게 안정되어 있다.

일부러 불씨를 뿌릴 필요는 없다.

"슬슬 돌아갈까."

"네, 루그 님의 크림스튜 기대돼요. 레시피를 배워도 이상하게 루그 님처럼 만들 수 없어서 뭔가 부족한 맛이 나요."

크림스튜.

어릴 적에 내가 만들고 어느새 투아하데의 명물 요리가 되어 버린 음식이다.

투아하데의 여관에서 여행자에게 대접하고, 그 여행자가 세계 각지로 퍼졌다.

……최근에는 본고장의 크림스튜를 먹고 싶다며 투아하데령에 오는 별종까지 있었다.

"특별한 방식으로 만들지는 않는데 말이지."

"옆에서 보고 싶어요. 오늘은 꼭 비밀을 밝혀내겠어요!"

타르트가 기합을 넣었다. 이 아이는 살해보다 요리를 더 좋아했다.

그런 잡담을 나누면서도 재빨리 토끼의 가죽을 벗기고 피를 빼

해체를 끝낸 뒤에 나무껍질로 싸고 있으니 역시 대단했다.

돌아가면 바로 타르트가 사냥한 토끼를 사용해 맛있는 크림스튜를 만들자.

타르트는 오늘 열심히 사냥했으니 가장 맛있는 허벅지살을 먹여야겠다.

◇

저녁 식사가 시작됐다.

오늘 메뉴는 토끼고기 크림스튜와 집에서 구운 빵. 거기에 급히 추가한 또 다른 요리 하나.

크림스튜는 토끼의 뼈와 투아하데의 산에 자생하는 버섯으로 육수를 내고 화이트소스를 더했다.

건더기는 계절 채소와 토끼고기를 듬뿍 넣었다.

"역시 루그의 크림스튜는 일품이에요. 아들의 맛이 사무쳐요."

"엄마의 맛은 자주 듣지만 아들의 맛이라는 표현은 들은 적이 없어."

"하지만 그렇게 말할 수밖에 없는 맛이니까요. 후우, 루그, 맛있어."

"그 대사, 여러모로 무서운데."

어머니가 크림스튜를 입에 넣고 활짝 웃었다.

"으으으, 최소한 요리 실력으로라도 루그 님을 이기고 싶은데……
이래서는 전속 하녀로서의 존재 의의가."

타르트는 맛있지만 분하다고 말하며 허벅지살을 베어 물었다.

토끼고기 부위 중에서 가장 맛있는 부위는 탱글탱글하고 맛 좋은 허벅지살. 이걸 먹는 것은 사냥한 자의 특권이다.

참고로 타르트는 학원이 아닌 다른 곳에서는 전속 메이드로서 함께 식사하지 않고 뒤에서 대기하지만, 오늘은 어머니가 같이 먹으라고 엄명을 내렸다.

어제 어머니가 타르트를 불러서 이것저것 불어넣은 것 같은데 그것과 관계가 있을지도 모른다.

아버지는 내 훈장 수여 관련으로 부재중이라 어머니가 못된 짓을 하기 충분한 환경이 갖춰져 있었다.

"옛날 생각 난다. 루그의 스승으로 왔을 때도 크림스튜를 만들어 줬었지. 그 나이에 이렇게 맛있는 요리를 만들어 내다니. 루그는 어릴 때부터 터무니없었네."

"조금 조숙했을 뿐이야. 그리고 주문한 그라탱 완성됐어."

"와아! 내가 제일 좋아하는 요리."

평소 같았으면 그라탱은 먹고 남은 크림스튜를 가지고 이튿날에 만들지만 디아가 꼭 먹고 싶다고 해서 준비했다.

짧고 두툼한 파스타에 크림스튜를 붓고 토마토소스와 치즈를 뿌려 오븐으로 굽기만 하면 되니 그다지 수고가 들지도 않았다.

"치즈의 농후함과 토마토의 산미가 더해지면 안 그래도 맛있는 크림스튜가 더 맛있어진다니까."

디아가 황홀한 얼굴로 파스타에 치즈와 크림스튜를 듬뿍 섞어서 먹었다.

타르트가 침을 꿀꺽 삼켰기에 그녀 앞에도 그라탱을 뒀다.

……겸사겸사 원망스럽게 쳐다보는 어머니에게도.

내 몫은 만들지 않았다.

남은 크림스튜를 이튿날 먹어도 질리지 않게 토마토소스로 맛의 인상을 바꾸기는 하지만 비슷한 맛이다.

크림스튜와 함께 먹으면 역시 질리고, 크림스튜는 꽤 부담이 되는 음식이다.

우리 집 여성진이 뚝딱 해치우고 있는 게 신기할 정도다.

"후우, 대만족이에요."

"루그 님, 정리는 제가 할게요."

"나는 방에 돌아갈게. 루그, 이따가 와. 부탁했던 마법의 분석이 끝났으니까."

각자 흩어졌다.

나도 내 방에서 일하자.

디아에게 부탁했던 분석도 신경 쓰이고, 테스트 제품으로 만든 총도 개량하고 싶다.

타르트가 힐끔힐끔 나를 곁눈질했다.

뭔가 숨기고 있을 때 하는 행동이었다. 깜짝 생일 선물을 준비했을 때도 저런 느낌이었다.

아무튼 지금은 눈치채지 못한 척하자.

어머니가 무슨 말을 불어넣었는지 신경 쓰이지만, 타르트라면 나를 곤란하게 만드는 일은 하지 않을 것이다.

Episode2

제
2
화

암
살
자
는
제
자
를
꾸
짖
는
다

The world's
best
assassin, to
reincarnate
in a different
world
aristocrat

기지개를 켰다.

식사 후 줄곧 방에서 정밀 작업을 한 탓에 어깨가 뭉쳤다.

타르트가 실제로 쓰는 모습을 보고 총을 약간 수정했다.

위력과 정밀도 모두 만족스러웠기에 손보는 것은 재장전 부분.

크기와 마력 차단 기구를 생각하면 장전 수는 여섯 발이 한계고, 탄환을 다 쓰면 하나하나 손수 넣어야 하는 것이 결점이었다.

심지어 폭발을 막기 위한 마력 차단 기구 때문에 통상적인 리볼버 권총보다도 수고와 시간이 들었다.

지금 이 상태로는 현실적으로 실전에서 재장전할 수 없다.

그렇다고 탄환을 넣기 쉽게 만들면 마력 차단 기구의 신뢰성이 떨어진다.

"……발상을 바꿀까."

빠르게 탄환을 넣는 것이 아니라 탄환을 넣은 실린더를 통째로 교환하는 것이다. 일종의

29

스피드 로더.

일반적으로 자동 권총에 쓰이는 방식이지만 리볼버도 불가능하지는 않았다.

"이렇게 하면 되나."

탄환을 넣는 실린더를 착탈식으로 변경했다.

이렇게 하면 전투 중에도 탄환을 보급할 수 있다.

강도도 문제없을 것 같다.

결점이라면 부피가 큰 예비 실린더를 가지고 다녀야 한다는 것이다.

"좋아, 다음은 내가 쓸 총과 디아용 총도 만들어 둘까."

나와 디아는 【총격】을 쓸 수 있지만, 미리 준비한 총을 쓰는 편이 훨씬 빠르다.

영창 없이 바로 치명적인 공격을 가할 수 있다는 이점은 매우 크다.

게다가 권총 크기라면 휴대해도 크게 불편하지 않다.

다만 디아는 신체 능력을 강화해도 타르트만큼 근력이 좋지는 않으니까 다소 위력을 떨어뜨리는 편이 좋을 것이다.

강도를 계산하고 설계도를 그려 나갔다.

위력을 떨어뜨린 디아용 권총이라면 조금 더 작게 만들 수 있다.

그러는 편이 디아도 휴대하기 편하고 다루기 쉬울 것이다.

그렇게 설계에 몰두하다 보니 순식간에 시간이 지나갔다.

"이 정도면 될까."

슬슬 밤도 늦었다. 오늘은 설계만 하고 만드는 건 내일 하자.

침대에 누워 의식이 멀어지려고 했을 때, 노크 소리가 들렸다.

"잠깐 괜찮을까요?"

타르트의 목소리였다.

이렇게 늦은 시간에 무슨 일이지?

"들어와."

위험한 물건을 잽싸게 정리하고 방에 들였다.

"실례합니다."

긴장해서 목소리가 떨리고 있었다.

방에 들어온 타르트를 보고 나는 얼빠진 소리를 낼 뻔했다.

"타르트, 대체 무슨 생각으로 그런 차림을."

"그, 그게, 이건 이유가 있는데요."

타르트는 하얀 네글리제를 입고 있었다.

몸에 들러붙어서 발육 좋은 타르트의 신체를 드러내고 있었다.

약간 속이 비치는 데다가 오늘 타르트는 속옷을 입지 않았다. 따뜻한 물로 몸을 씻고 왔는지 약간 피부가 발그레하여 믿을 수 없을 만큼 색정적이었다.

좋은 냄새가 났다.

이 향, 내가 개발한 오르나의 신작 향수다.

고객의 요청으로 개발한, 남자를 유혹하기 위한 향수로 그런 약효를 가지고 있었다.

이건 정기 회원에게만 주고 있을 터.

……그렇다면 뒤에 있는 사람은 어머니겠군. 마하와의 정기 연락을 위해 어머니는 오르나의 정기 회원으로 위장했고 화장품도 확

실하게 받고 있었다.

자세히 보니 타르트가 입은 네글리제도 눈에 익었다.

예전에 어머니가 「키안을 뇌쇄해서 루그의 동생을 만들어 올게요!」라며 보여 줬었다.

그걸 타르트에게 맞춰서 다시 만든 것이다.

"대충 예상은 되지만 일단 물어볼게. 대체 어머니가 무슨 말을 불어넣은 거야?"

"저기, 그게, 저는, 루그 님의 조수고 암살자예요. 여자는 남자보다 신체 능력이 떨어지니 여자의 무기로 보완해야 한다고 해서, 그래서, 루그 님께 그쪽을 단련받으라고 하셔서. 그리고, 주인님의 그쪽 시중을 드는 건 전속 메이드의 역할이기도 하다고 말씀하셔서……암살자로서도, 메이드로서도, 루그 님과, 그, 그런 일을 해야 하지 않겠냐고."

타르트는 귀까지 새빨개져서 어머니가 불어넣은 말을 횡설수설 말했다.

어머니는 응원하는 마음에서 그런 거겠지만 쓸데없는 참견이었다.

아니, 어머니라면 단순히 손주 얼굴을 빨리 보고 싶다는 자신의 욕망 때문일지도 모른다.

그 말에 넘어가는 타르트도 문제다.

"타르트."

이름을 부르고 강제로 손을 잡아당겨 침대에 쓰러뜨린 뒤 올라탔다.

"꺅, 루그 님."

타르트는 떨면서도 열띤 눈으로 나를 보았다.

타르트의 숨결조차 달콤하게 느껴지고 고동이 빨라졌다.

욕망이 인다.

엉망진창으로 만들고 싶다.

타르트를 연애 대상으로 보지는 않았었지만, 이렇게 되니 타르트가 매력적인 소녀임을 재인식하고 말았다.

……나도 미숙하다. 아무리 혈기 왕성한 육체가 성욕을 주체 못한다고는 하지만, 이런 유혹에 평상심이 흔들렸다.

그리고 그런 감정과는 별개로 화가 치밀었다.

다른 누구도 아닌 타르트에 대한 화였다.

조금 엄하게 꾸짖자.

"너는 자기가 하는 말의 의미를 모르고 있어. 여자라는 걸 무기로 삼겠다고? 확실히 효과적이야. 타르트의 몸은 암살에 매우 유용한 무기가 될 거야……. 그 무기를 연마하면 남자를 암살하는 건 쉽겠지."

타르트는 엄청난 미소녀다.

그리고 육감적이다.

미녀에 익숙한 귀족조차 타르트를 손에 넣고 싶어 할 것이다. 학원에서도 타르트를 눈으로 좇는 남자는 많았고, 타르트를 사고 싶다고 제안하는 멍청이도 그런대로 있었다.

"루, 루그 님, 눈빛이 무서워요."

평소와 다른 내 모습에 타르트가 약간 겁을 먹었다.

그런 타르트의 가슴을 움켜잡았다.

"아파!"

부드럽고 커다랗지만 아직 성장 중이라 심이 남아 있었다.

"타르트가 진심이라면 여자의 무기를 단련시켜 줄 수도 있어. 하지만 그건 즉, 필요하다면 아무한테나 몸을 허락한다는 뜻이야. 다시 말할게. 그 의미를 정말로 이해하고 있어?"

타르트가 말을 잇지 못했다.

분명 어머니가 부추겨서 그런 당연한 사실조차 눈치채지 못했을 것이다.

내게 안길 수 있다.

거기서 사고가 정지하여, 훈련한 후에 실전에서 어떻게 될지를 상상하지 못했다.

"알겠어? 상상해 봐. 여성성을 이용한다는 건 좋아하지도 않는 남자에게 몸을 유린당하고 그 틈을 노린다는 거야."

타르트의 허벅지 사이에 다리를 넣어 오므리지 못하게 했다.

그리고 가슴을 잡은 손에 힘을 줬다.

타르트가 울상이 되었고 상대가 나인데도 두려워했다.

이렇게 수컷의 모습을 타르트에게 보여 준 것은 처음이라 그렇기도 할 것이다.

"무섭지? 상대가 나인데도 무서워하고 있어. 아직 본격적인 행위를 시작하지도 않았는데 도망치고 싶어 하고 있어. 그런데 여자라는 걸 무기로 죽일 수 있겠어? 자, 연습이야. 해 봐. 지금부터 타르트한테 심한 짓을 할 거야. 틈을 봐서 내 배에 총을 갖다 대."

타르트에게는 늘 총을 가지고 다니라고 말했고, 타르트는 그 분부를 지켜 지금도 몸에 착용하고 있었다.

실제 암살을 상정해도 문제없었다.

허벅지에 감은 홀스터는 별로 크지 않고, 총이라는 개념은 이 세계에 없으니 그저 액세서리라고 여길 것이다.

네글리제를 벗기려고 하자 타르트는 눈물을 흘리며 홀스터에서 권총을 뽑아서 내 배에 총구를 대려고 했지만, 내가 그 손을 잡아 비틀었다.

"실패네. 이 단계에서는 아직 남자에게 빈틈이 안 생겨. 손쓸 거면 더 나중이야. 그 순간에는 경계심이고 뭐고 없어. 타르트를 정신없이 탐하느라 아무것도 안 보일 테니 편하게 죽일 수 있겠지."

"히끅, 죄송해요, 저는, 저는."

타르트를 풀어 주고 일어났다.

"미인계는 타르트에게 안 맞아."

방에 비축해 둔 찻잎과 잔을 꺼내고 마법으로 뜨거운 물을 만들어 차를 끓여서 건넸다.

안정 효과가 있는 찻잎이었다.

천천히 마시게 하자 타르트는 점차 안정을 되찾았다.

"저는, 이렇게 무서운 일이라고 전혀 생각 못 해서. 하지만, 그."

"마음의 준비가 안 되어 있었다고 하려고? 그럼 마음의 준비가 되면 할 거야?"

"루그 님의 힘이 될 수 있다면."

아직 눈물 자국이 남은 눈으로 내 눈을 똑바로 보며 잘라 말했다.

타르트를 단념시키기 위한 처방이 부족했던 것은 아니다.

나를 위해서라면 무슨 일이든 견디겠다는 각오가 있기에 나온 대답이었다.

"이상한 데서 고집스럽구나. 그 마음은 높이 살게. 하지만 안 돼."

"저한테 안 맞아서요?"

"아니, 그 외모와 남자가 좋아할 만한 행동거지는 여자라는 걸 무기로 삼는다면 최고야. 하늘이 내린 재능이라고 해도 좋아. 겁이 많은 성격은 적합하지 않은 요소지만, 많이 겪으면 보완할 수 있을 거야."

노력가인 타르트라면 가능하다.

"그럼 어째서?"

"내가 싫어. 타르트가 다른 남자한테 안기는 건 용납이 안 돼."

본심을 말했다.

타르트는 조수지만 소중한 가족이라고도 생각한다.

가족이 좋아하지도 않는 남자에게 안긴다니 참을 수 없다.

"그건."

"말뜻 그대로야."

"아, 그, 루그 님이 저를 소중히 여겨 주셔서 기뻐요."

"나는 늘 타르트를 소중히 여기는데. 전해지지 않았다니 유감이야."

"그런 의미가 아니라요! 루그 님이 저를 아주아주 소중히 여겨주신다는 건 알아요. 그래서 저는 루그 님을 좋아해요!"

당황한 타르트는 평소라면 하지 않을 말을 했다.

"그거 다 마시면 방으로 돌아가서 쉬어. 무섭게 해서 미안."

"아뇨, 저를 위한 일이었으니까요. 그리고, 이제 전혀 무섭지 않아요."

타르트가 천천히 차를 마셨다.

이제 걱정하지 않아도 될 것 같다.

"암살을 위해 여자라는 걸 무기로 쓰겠다는 말은 이제 안 할게요. ……하지만, 그게, 메이드의 일로서는 어떨까요?"

타르트가 시선만 올려서 쳐다보며 물었다.

"그건 언젠가. 남자에게 깔렸다고 덜덜 떠는 여자를 품을 생각은 안 들어서."

"으으으, 루그 님은 가끔 짓궂어요."

타르트가 토라졌다.

그리고 기뻐 보이지만 조금 아쉬워하는 듯한 느낌으로 방을 나갔다.

혼자가 되어 크게 한숨을 쉬었다.

"위험했어."

타르트를 단념시키기 위한 연기였지만 하마터면 이성이 날아갈 뻔했다.

목적을 잊고 타르트와 사랑을 나누고 싶다는 욕망이 솟구쳤었다.

나는 나대로 아슬아슬했었다.

"……타르트를 저런 모습으로 보낸 어머니에게는 나중에 보복을 해야겠어."

역시 이번에는 악질이었다.

웬만한 장난은 용서할 생각이지만 도를 넘어섰다.

그 사람에게는 따끔한 매가 필요하다.

Episode3

제
3
화
━
암
살
자
는
새
로
운
임
무
를
받
는
다

The world's
best
assassin, to
reincarnate
in a different
world
aristocrat

타르트와 일이 있고 난 다음 날 아침, 어머니의 방을 찾았다.

"어머나, 루그가 직접 엄마 방에 오는 게 몇 년 만이죠?! 차랑 다과를 준비할게요. 비장의 쿠키를 숨겨 뒀어요."

어머니는 신이 나서 스툴을 발판 삼아 옷장 위에 숨겨 둔 쿠키를 꺼냈다.

포장이 왕도에서 유행하는 디자인인 걸 보면 누군가에게 선물받은 것을 따로 보관해 둔 것이리라.

"엄마, 내가 왜 여기 왔는지 알지?"

"후후후, 물론이죠. 타르트가 행동하도록 격려한 답례를 하러 온 거죠? 잘 치렀어요?"

"안 했어. 돌려보냈어."

"그럴 수가, 그렇게나 귀여운 아이를?! 아! 루그는 방법을 몰랐던 거군요. 엄마가 가르쳐 줄게요."

"쓸데없는 참견이야. 그런 걸 모친에게 배우면 트라우마가 될 거야."

……왜 나를 동정이라고 단정 짓는 걸까.

발로르 상회의 이르그 발로르로서 무르테우에 있을 적에 체험했다.

다만 이르그 발로르 신분으로 가볍게 애인을 만들 수는 없고, 디아에게 미안한 마음도 있어서 프로만을 상대했지만.

그리고 전생에는 경험이 풍부했다.

타르트가 어중간한 각오로 몸을 무기로 쓰겠다고 했을 때 화냈던 것은 나 자신이 소년 시절에 그런 취향을 가진 상대에게 접근하기 위해 몸을 쓴 적이 있었고, 아는 사람 중에 몸을 무기로 쓰는 이가 있어서 그게 얼마나 괴롭고 비참한 일인지 알기 때문이기도 했다.

"그것 때문이 아니라면 이유를 모르겠어요. 둘 다 속으로는 서로 좋아하면서 이어지지 않으니 너무 답답하단 말이에요. 그래서 그렇게 타르트를 부추긴 거예요."

"애초에 타르트에게 몸을 무기로 쓰라고 말하는 것부터가 잘못됐어. 타르트에게는 그런 짓 안 시켜. 엄마라면 암살자가 몸을 무기로 쓰는 게 무슨 뜻인지 알잖아? 타르트를 그런 길로 끌어들이려고 하다니, 무슨 생각이야? ……나는 진심으로 화내고 있어."

타르트라면 한다.

아무리 힘들어도 나를 위해서라면 참는다.

그렇기에 무서운 것이다.

"으으으, 루그가 무서워요. 딱히 저도 진심으로 타르트에게 미인계를 쓰라고 말한 건 아니에요. 그저 루그를 유혹할 구실이 그 아이에게는 필요한 것 같아서."

그럴 거라고 생각했지만, 타르트의 저돌성을 얕보고 있었다.

"또 이런 일을 하면 용서 안 해. 다시는 엄마와 말을 섞지 않을 거야."

"그, 그럴 수가. 반성할 테니까 용서해 주세요. 루그에게 미움받으면 살 수 없어요."

울면서 내게 매달렸다.

변함없이 이 사람은 생김새도 태도도 너무 어리다.

……그러고 보니 나도 호리호리하고, 나이보다 어리게 볼 때가 많았다. 스무 살이 넘어서도 지금 이 상태인 건 아니겠지?

엄마와 닮았다는 말을 자주 듣는 만큼 조금 불안해졌다.

여성이라면 몰라도 남자가 계속 젊게 보이는 것은 좋지 않다.

"이번에는 용서하지만 다음은 없어. 쓸데없이 참견하지 않아도 나는 타르트를 제대로 보고 있고 알고 있어."

디아, 타르트, 마하.

소중한 나의 파트너들.

우리에게는 우리의 방식이 있다. 다른 사람에게 간섭받고 싶지 않았다.

"루그, 그런 부분은 아직 애네요. 여자가 좋아하는 사람에게 본심을 보일 리가 없잖아요."

의기양양한 얼굴이라 조금 울컥했다.

하지만 그 말을 완전히 부정할 수 없었다.

"타르트는 분명 손대면 기뻐했을 거예요."

"엄마, 정말로 반성하고 있어?"

"반성하고 있습니다!"

어머니가 작위적으로 경례했다.

……손대면 기뻐했나.

그 자리에서 몸을 쓴다는 말의 의미를 모른다며 위협하는 게 아니라 그저 흐름에 휩쓸려 다정하게 사랑해 줬다면. 타르트는 기뻐했을지도 모른다.

하지만 그건 틀렸다.

변명이 필요한 관계는 불건전하다. 그리고 만약 순수하게 서로 사랑하여 몸을 섞게 된다면, 처음이 그런 이유였던 것이 나중에 허물이 된다.

"나는 이만 갈게."

"에이, 과자 믹고 가요."

"바빠. 아버지가 돌아오면 내 일을 못 하게 될 테니까."

"이틀 후에 온다고 했죠? 키안이 어떤 선물을 사 올지 기대돼요."

"나는 그렇게까지 낙관적으로 못 보겠어. 전의 고취를 위한 우상으로 쓰이는 거잖아. 귀찮을 게 뻔해."

아버지는 내 훈장 수여와 관련하여 의논하러 나갔다.

왕도까지 가기는 너무 멀어서 중간 지점에 있는 도시에서 회의가 열리고 있었다.

여러 가지로 정치적인 의도가 얽혀 있기에 투아하데의 가주로서 호출되었다.

장본인인 내가 없는 것도 이상한 이야기지만, 부른 것은 가주뿐이다.

"걱정하지 말아요. 키안이라면 루그에게 이상한 일을 시키지 않을 거고, 어떻게 해결할 방법이 없다면 분명 도망칠 수단을 마련할 거예요."

귀족으로서는 적합하지 않은 말이지만 실제로 아버지는 그럴 것이다.

투아하데는 알반 왕국을 위해 있다.

하지만 아버지는 이 나라보다도 가족을 소중히 생각한다.

그렇기에 어느 하나를 선택해야 한다면 주저 없이 가족을 택한다. 그리고 귀족의 지위가 없어도 가족을 지킬 만한 힘을 가진 인물이었다.

"아, 그리고. 다음에 마하를 집에 데려오세요. 이런저런 편지를 주고받고 있는데 말 한마디 한마디에서 루그를 아주 좋아한다는 게 전해진단 말이죠. 어떤 아이인지 확실하게 봐야겠어요!"

"……나는 갈게."

이 사람에게 무슨 말을 해도 소용없다.

나는 극심한 허탈감을 느끼며 방을 떠났다.

◇

예정보다 하루 늦게 아버지가 돌아왔다.

아버지는 돌아오자마자 한 시간 후에 서재로 오라고 이르고서 자기 방으로 갔다.

얼핏 보면 평소와 똑같은 모습이었지만 그렇게 꾸미고 있을 뿐 상당히 지쳐 있었다.

아버지가 저렇게나 지쳐 있는 모습은 별로 본 적이 없다.

저쪽에서 어지간히 싸우고 온 모양이다.

내가 블렌드한 특별한 차를 준비하라고 타르트에게 일렀다.

최근 화장 브랜드 오르나에서는 차도 취급하고 있었다.

그 차 중에서도 좀처럼 손에 들어오지 않는 귀중한 차다. 조금이라도 아버지를 위로하고 싶었다.

심신 안정 효과와 미용 효과가 있어서 꽤 평판이 좋았다.

"무슨 말을 들어도 놀라지 않게 각오하자."

귀찮은 일이 될 거라고 각오는 했었지만, 아버지익 태도를 보고 일이 더 심각해졌음을 확신했다.

◇

"실례합니다."

아버지의 서재에 들어갔다.

아버지는 옷을 갈아입고 잠시 쪽잠을 잤는지 아까보다 안색이 좋았다.

"앉아라."

아버지의 말을 따라 자리에 앉았다.

"그럼 바로 왕도에서 있을 훈장 수여에 관해 얘기하마. 알고 있겠지만 그와 관련해 의논하기 위해 나갔었다."

아버지가 심각한 표정을 지었다.

상당히 안 좋은 이야기가 있는 모양이다.

그때, 노크가 들렸다.

"누구지?"

아버지가 말했다.

"타르트입니다. 루그 님의 분부로 차를 가져왔습니다."

"흠, 들어와라."

타르트가 인사하고 티포트를 들어 차를 따랐다.

이런 모습도 꽤 그럴듯해졌다.

차를 다 따른 후, 다시 인사하고 방을 나갔다.

"향이 좋군. 모르는 차야."

"먼 이국의 차예요. 마시면 기분이 편안해지죠."

"……아들에게 컨디션 난조를 간파당하다니. 내가 가주 자리를 넘길 날도 그리 머지않았구나. 이거 괜찮군. 몸에 스며들어."

희미하게 미소 지으며 차를 마신 아버지의 표정이 아주 조금 풀어졌다.

이 차는 괜찮은 물건이다.

예전에 내가 살았던 세계에도 없었던 것, 용맥이 흐르는 토지에서 흘러나온 마력을 받아 변이한 것으로 이 세계에서만 만들 수 있었다.

아주 마음에 들어서 지주로부터 밭과 소작인을 사들여 대부분을 이걸 수확하는 데 돌리고 있었다.

원래 주인보다 급료를 많이 주기도 해서 소작인들의 의욕은 높았다.

"안정됐으니 이야기를 되돌리지. 왕도에서 있을 훈장 수여는 대강 예상했던 순서대로 진행되니 문제없다. 조금 과하게 화려한 행사에 참가할 필요는 있겠지만."

"그건 각오하고 있습니다."

아버지가 자세히 이야기해 줬는데 별로 이상한 부분은 없었고 충분히 허용할 수 있는 범위였다.

거기까지 이야기하고서 아버지는 간격을 두고 다시 입을 열었다.

"문제는 그다음이야……. 이 나라의 상층부는 이번 마족 습격에 상당히 겁을 먹었어. 이 나라에서 가장 많은 마력 보유자가 있을 터인 학원을 마족 한 마리에게 유린당했다. 왕도 근처에서 날뛰었다는 점도 뼈아프지."

학원은 왕도의 교외에 존재한다.

왕도는 이중으로 보호받고 있었다. 각 방면의 공격을 막는 보루, 그게 함락되더라도 마력 보유자가 다수 존재하며 요새로도 기능하는 학원이 왕도를 지키는 위치에 있었다.

하지만 이번 마족 습격에서 바깥쪽 보루는 거의 의미가 없었고 학원조차 함락당할 뻔했다.

즉, 조금만 일이 잘못됐어도 이 나라의 중추인 왕도가 멸망했을 것이다.

"겁을 먹었다면 수비적인 전략을 취하겠네요……. 설마 용사를 왕도 부근에서 움직이지 않으려는 건가요?"

"용케 알았구나. 앞으로 마족이 출현해도 왕도에서 일정 거리 이상 떨어진 지역이라면 용사는 파견하지 않겠다더군. ……즉, 죽게 내버려 두겠다는 거야. 왕도가 함락되면 이 나라가 끝장난다는 명목이지만, 그저 단순히 중앙 녀석들이 제 안전 지키기에 급급한 거지."

용사가 아니면 마족을 죽일 수 없는데 그 용사를 왕도에 두고 썩힌다.

제정신이 아니었다.

"그게 어떻게 나, 아니, 투아하데와 관련 있는 거죠?"

"……영지가 왕도와 떨어져 있는 귀족들은 맹렬히 반대했어. 마족이 나타났을 때 그저 죽어야 한다는 건 참을 수 없다면서 말이야. 그러면서 루그 네가 찍힌 거다. 용사에게 왕도 수호를 맡기고, 마족을 죽일 수 있는 전력을 파견하는 것으로 중앙은 지방 귀족들을 납득시켰어."

"나보고 마족을 죽이라고? 중앙은 왜 그런 일이 가능하다고 생각한 거죠?"

지난 싸움에서 활약했다고는 하지만 표면상으로 내가 한 일은 어디까지나 마족 발견과 감시였다.

직접적인 전투력은 평가되지 않았을 텐데.

"용사 에포나가 너에 관해 이것저것 이야기한 모양이야. 부주의했구나, 루그."

"······윽. 죄송합니다."

입막음은 했다.

내 힘이 겉으로 드러나면 귀찮은 일이 벌어질 것은 뻔히 알고 있었기 때문이다.

"용사를 너무 나무라지 마라. 어떤 파티에서 네 공로를 시기한 귀족이 여러 가지로 욕한 모양이야. 용사는 너를 감싸다가 열이 올라서······ 그다음에 어떻게 됐을지는 알겠지?"

"용사의 성격이라면 그렇게 됐겠네요. 제 생각이 짧았습니다."

분명 전장에서 내가 했던 일을 전부 털어놓았을 것이다.

이 일로 에포나를 나무라서는 안 된다. 이런 위험이 있었는데 구두 약속으로만 에포나를 속박한 내 잘못이다.

"다행이라고 해야 할지, 그 역할에 걸맞은 보수는 받게 됐다. ······나는 너를 지키기 위해 터무니없는 보수를 요구해서 계획을 철회시키려고 했는데 설마 전부 받아들일 줄은 몰랐어. 그뿐만 아니라 훈장을 수여할 때 특별한 지위도 주기로 했다. 지위에 상응하는 다양한 특권이 주어질 거다. 지키지 못해서 미안하구나. 남작으로 있는 편이 자유롭게 움직일 수 있어서 일부러 출세하지 않았지만, 이런 자리에서는 높은 신분이 없으면 어떻게도 할 수 없음을 뼈저리게 깨달았어."

역시 중앙의 너구리들이다.

아버지는 암살자로서도 의사로서도 초일류로 완성되어 있다.

그러나 정치라는 분야에서는 본인의 재능보다도 귀족으로서의 지위가 효력을 발휘한다. 오히려 이 정도 조건을 끌어낸 게 대단했다.

"사과하지 마세요. 나 자신의 안일함이 부른 결과입니다. 직접 마무리하겠어요."

"변함없이 너는 너무 완벽한 아들이야. ……여차하면 망명해도 좋다. 아들을 사지로 보낼 바에야 투아하데를 버려도 돼. 준비는 해 뒀다."

준비라는 건 나처럼 투아하데가 왕족에게 버려졌을 때를 대비해 준비해 뒀다는 거겠지.

그리고 아버지는 굳이 말하지 않았지만, 나를 위해서라면 『투아하데의 기술은 알반 왕국을 위해』라는 신념을 굽히고 나를 구하겠다고 눈으로 말하고 있었다.

아버지라면 그게 가능하다. 순수한 암살 기술로는 나보다도 위. 무엇보다 그걸 효과적으로 쓰는 방법을 알고 있으니까. 믿음직스럽지만, 그렇기에 어리광 부리고 싶지 않았다.

"현재로서는 필요 없습니다. 마족도 죽여 보이겠어요."

이번 일은 귀족으로서는 대출세다.

하지만 실상은 마족이 출현하면 용사 대신 토벌이라는 명목하에 자살하러 가야 하는 손해 보는 역할이다.

중앙에서도 내가 진짜 마족을 죽일 수 있으리라고는 생각하지 않을 것이다.

지방 귀족들을 납득시키기 위해 억지로 이유를 붙여서 용사를 파견하지 않고, 나중에 내가 마족에게 죽더라도 이미 정해진 일을

51

새삼 문제 삼지 말라며 지방에는 계속 용사를 파견하지 않을 속셈이다.

……어쨌든 마족을 죽이는 힘은 얻을 생각이었지만 서둘러야겠다.

"그리고 용사 에포나에게 전언을 부탁받았다. 훈장 수여식 전에 만나고 싶다더구나. 사죄하고 용사의 스킬【나를 따르는 기사들】이라는 것을 너에게 써서 용사의 힘을 나눠 주고 싶다고 했다."

에포나가 그 자리에 있었다니 의외다. ……아니지, 내가 강하다는 걸 납득시키기 위해 중앙이 증인으로 부른 건가.

"그건 고마운 일이네요. 지금 상태로 마족에게 도전하는 건 조금 불안했거든요. 역시 용사. 힘을 나눠 주는 스킬이 있다니."

그렇게 말은 했지만 나는 그 스킬을 알고 있었다. 여신의 방에서 안 S랭크 스킬 중 하나.

【나를 따르는 기사들】.

최대 세 명까지 본인의 힘에 따라 강화할 수 있고, 자신이 보유한 스킬 여러 개를 줄 수 있다. 단, 대상이『주인의 뜻에 반하거나』『패배하면』힘을 잃는다.

마족과 싸우면서 용사의 스킬을 쓸 수 있다면 고마운 일이다.

그리고 이건 용사를 죽이는 데도 쓸 수 있다. 『주인의 뜻에 반한다』는 조건이라면 얼마든지 빠져나갈 길이 존재한다.

"다시 묻겠다. 정말로 괜찮은 거겠지? 나는 도망쳐도 좋다고 생각한다."

"걱정하지 마세요. 나는 불가능한 일을 할 수 있다고 말하지 않아요. 암살자는 자신을 과소평가하지도, 과대평가하지도 않습니다. 아버지가 그렇게 키우셨어요. 잘 처신하겠습니다. 지금까지 하던 일과 크게 다르지도 않고요. 투아하데의 역할은 국가에 해를 끼치는 이를 암살하는 것. 그 상대가 바뀌었을 뿐이에요."

귀찮기는 하지만 최악은 아니다.

준비된 특권을 들어 보니 매력적인 내용이었다.

그리고 결국 하는 일은 지금까지와 다르지 않았다.

이 나라를 위한 일이라면 나는 투아하데로서 마족을 훌륭히 암살해 보일 것이다.

제
4
화

암살자는 마족 살해를 고안한다

The world's
best
assassin, to
reincarnate
in a different
world
aristocrat

마족 살해 임무와 그에 동반하는 지위 수여.

이건 역시 예측하지 못했다.

……서둘러 준비하자.

내일모레에는 투아하데를 떠나야 서훈식에 늦지 않는다.

차분히 연구할 수 있는 것은 오늘과 내일 정도밖에 없다.

내 방에서 차를 마시며 사람을 기다렸다.

노크가 들렸다.

"루그 님, 왔습니다."

"갑자기 부르다니 무슨 일이야?"

"둘 다 기다렸어."

타르트와 디아가 방에 왔다.

아버지에게 들은 이야기를 해 주기 위해 불렀다.

타르트와 디아는 내 조수다.

즉, 내가 마족과 싸운다면 그녀들도 함께 싸우게 된다.

이 두 사람에게는 확실하게 마족 살해에 관해 이야기해 둬야 했다.

"두 사람에게 해야 할 이야기가 있어. 나는 나라로부터 임무를 받을 거야. 그건……."

사정을 이야기하자 각각 놀란 표정을 지었다.

"역시 대단하세요. 대출세잖아요. 특별한 지위라는 게 뭘까요?"

"이 나라 미쳤구나. 일개 귀족에게 마족을 떠넘기다니."

하지만 놀라는 방향은 전혀 달랐다.

타르트는 내 힘이 인정받았다고 기뻐했고 디아는 분개했다.

굳이 따지자면 디아의 반응이 옳았다.

"현실적으로 마족을 죽일 수 있어? 어떤 문헌에나 용사만이 죽일 수 있다고 적혀 있었어."

"무리지. 지난번 학원 습격 때 마족과 싸웠어. 죽였지만 죽이지 못했어. 순수한 강함 자체는 나보다 한두 단게 높은 정도야. 히를 찌르니 죽일 수 있었어. 하지만 죽여 봤자 재생해. 그 자리에서 열두 번쯤 방법을 바꿔서 죽였지만 그때마다 되살아났어. 마족을 죽일 수 있는 건 용사뿐이야."

그때는 간담이 서늘했었다.

아무리 죽여도 아무 일도 없었던 것처럼 되살아났으니까.

살해 방식을 바꾸면서 상대의 변화를 관찰하여 얻는 것은 있었지만 실행에는 옮길 수 없었다.

"그럼 안 되잖아요. 마족에게는 이길 수 없다는 거죠? 죽으러 가는 짓이에요."

"지금 이대로라면 그렇지."

"그 말은 즉, 이길 방법이 있다는 거네."

"그래. 나는 계속 죽이면서 마족이 죽고 되살아나는 순간을 투아하테의 눈으로 보고 분석했어. 용사 에포나가 녀석을 죽이는 모습도 봤고. 그렇기에 왜 용사만이 마족을 죽일 수 있는지 가설을 세울 수 있었어."

"엄청난 소리를 하는구나. 지금까지 마족 살해 방법을 모든 나라가 연구했어도 알아내지 못해서 결국 용사를 의지할 수밖에 없었는데."

마족 대책은 모든 나라에 있어 머리 아픈 화제다.

200년에 한 번쯤 나타날 뿐이지만 일단 나타나면 끝, 녀석들에게 유린당한다.

용사가 태어난 나라는 그나마 낫지만, 그렇지 않은 나라는 비참한 상황에 처한다. 마족은 못 죽이고, 마족을 죽일 수 있는 용사를 파견해 달라고 용사 보유국에 부탁해도 선뜻 빌려주지 않고, 설령 빌리더라도 막대한 대가를 요구받는다.

……덕분에 몇몇 나라에서는 용사가 태어나면 서로 무상으로 빠르게 용사를 빌려주는 약정을 맺을 정도였다.

"마족을 죽이는 가설을 세울 수 있었던 건 내가 뛰어나서 그런 게 아니라, 그저 단순히 마력이 보이는 눈으로 통상 패턴과 용사 패턴으로 마족이 죽는 모습을 볼 수 있었기 때문이야. 각국의 연구자는 그런 모습을 본 적이 없었으니 말이지."

마족을 연구하려고 해도 그걸 포획하는 것은 불가능하다. 용사와 함께 전장에 나가서 관찰하는 것도 연구자는 할 수 없다.

지금껏 마족을 연구했던 인간 중에 나처럼 마력을 보는 눈으로 마족이 죽는 모습을 본 사람이 있었다면 똑같이 답을 냈을 터다.

"그래도 굉장해! 만약 그 방법이 완성돼서 전 세계에 공개되면 마족과 싸우는 방식이 싹 바뀔 거야."

마족을 죽이는 방법은 독점해 봤자 별로 이점이 없다.

용사가 있는 이 나라는 용사를 카드로 거래를 하고 싶겠지만, 마족 살해를 떠맡은 신세로서는 마족을 죽일 수 있는 녀석이 팍팍 늘어나는 편이 좋다.

"그렇기에 먼저 내가 완성시킬 거야. 그리고 완성되면 타르트와 디아, 두 사람도 익혔으면 좋겠어."

"네! 루그 님께 배울 수 있다면 반드시 습득하겠어요."

"나는 개발부터 도울게. 마법이지? 그 방법이라는 거."

"맞아. 둘 다 부탁할게."

나 혼자 감당하기에는 너무 짐이 무겁다.

하지만 타르트와 디아가 있다면 어떻게든 될 것 같다.

"그리고 두 사람에게 줄 선물이 있어. 타르트에게는 원래 쓰던 총을 개량한 것. 실린더를 통째로 교환할 수 있어서 탄환 교체가 빨라졌어. 디아에게는 디아용으로 특별히 만든 총이야."

"그 총, 성능이 더 좋아지는 건가요?! 지금도 충분히 굉장한데."

"작아서 귀엽네. 이거라면 언제든 가지고 다닐 수 있겠어."

리볼버 권총을 타르트와 디아에게 각각 건넸다.

타르트의 총에 비해 디아의 총은 한층 작았다.

타르트용으로 조정한 총을 디아가 쓰면 마력으로 신체 능력을 강화해도 반동을 버틸 수 없다. 그래서 위력을 억제하고 그만큼 소형화했다.

"주먹만 한 총이니까 권총이라고 명명했어. 총신이 짧은 만큼 몰래 소지할 수 있고 다루기도 쉽지만 정밀도는 떨어져. 타르트는 옵션인 롱배럴을 상황에 맞춰 장착하고, 디아는 원거리를 노릴 여유가 있다면 【총격】을 써 줘."

"많이 연습해 둘게요."

"연사하기 위한 기구, 꽤 복잡하네. 역시 마법을 써서 한 방에 만들어 내는 건 무리야. 응, 확실하게 가지고 있을게."

……앞으로 두 사람을 노리는 자가 없을 거라고 장담할 수 없다.

호신 도구는 가지고 있는 편이 좋다.

"내 얘기는 끝이야. 타르트는 훈련으로 돌아가. 디아는 나랑 같이 마족 죽이는 방법을 연구하고."

"알겠습니다."

"먼저 루그의 가설과 이론을 들려줘."

우리는 움직이기 시작했다.

마족이 출현할 때까지 마족 살해 방법을 확립시키기 위해.

◇

　내 방에서 마족 살해에 관해 설명했다.

　"먼저 마족을 죽일 수 없는 건 녀석이 애초에 생물의 몸을 모방했을 뿐, 실제로는 생물이 아니기 때문이야. 녀석들의 체내에 핵같은 것이 있어서, 육체가 손상되면 망가진 육체를 분해하고 핵에서 존재의 힘이라고 할만한 것이 흘러나와서 모자란 만큼 힘을 보태 바로 육체를 재구성해."

　"질문 있는데, 그렇다면 그 핵이라는 걸 부수면 한 방에 죽일 수 있는 거 아니야?"

　"핵이 실체화해 있다면 그렇겠지. 핵은 영체라고 할까, 힘의 집합체리고 해야 할까, 실체가 없어서 손을 댈 수 없어."

　"우와, 귀찮다."

　여기까지는 내가 마족을 계속 죽였을 때 보였던 내용이다.

　투아하데의 눈은 힘이 솟아나는 핵의 존재를 간파했고 육체의 재구성 순서도 파악했다.

　"그럼 용사는 어째서 마족을 죽일 수 있는가 하면, 용사는 특수한 힘을 두르고 있고 마족과 싸울 때는 그 힘이 주위에 퍼져서 필드를 만들어. 그 필드 안에서는 마족의 핵이 실체화하고 육체의 분해·재구성이 불가능해져."

　"즉, 다치면 안 낫고 핵도 부술 수 있다는 거네."

　"그래. 그럼 나머지는 간단하지. 용사가 만드는 필드를 재현하면 돼. 필드의 정체는 기(氣)와 세계에 가득한 마나와 특수한 파장의 마력을 융합시킨 것. 용사에게는 세계의 마나가 알아서 모이고 절묘한 밸런스로 흘러들었지만 우리는 마법으로 재현해야 해."

마력에는 두 가지 종류가 있다.

하나는 체내에 흐르는 체내 마력.

다른 하나는 세계에 가득한 마나.

마나는 기본 4속성 중 하나로 물든 것과 무색, 합쳐서 다섯 색깔이 있다.

"이 분배가 중요해. 특정 파장의 마력에 다섯 가지 마나를 정해진 비율로 섞고 기로 융합시켜야만 필드가 성립해. 용사는 전부 무의식적으로 할 수 있지만 우리가 하려면 아주 귀찮지."

"듣기만 해도 힘들다. 하지만 만들 수 있을 것 같아. 마나의 힘을 빌리는 마법이 몇 가지 있고, 공통점을 발견하면 마나를 모으는 식을 특정할 수 있어. 비율은 알아?"

"그래. 이 눈으로 보고 기억했어. 다섯 색깔 마나를 모으는 마법만 있으면 마력의 파장을 맞추는 것과 기로 마나와 마력을 융합시키는 건 가능해."

"간단히 말하지만, 마법이 완성돼도 마력 파장과 기 제어를 자동으로 처리하지 못하면 루그 말고는 누구도 쓸 수 없어. 보통은 그런 일 못 하는걸."

"알고 있지만, 마력과 기의 제어는 영창식으로 자동화할 수 없으니 말이지. 이것만큼은 훈련할 수밖에 없어. 타르트와 디아라면 할 수 있을 거야. ……다른 녀석들은 가능할지 의심스럽지만.”

“꽤 허들이 높네. 하지만 할게. 이걸로 마족 살해 필드가 만들어지는 거지?”

“맞아. 가설이지만 자신은 있어. 다만 완성해도 결함 마법이긴 해.”

완성하면 마족을 죽일 수 있게 되지만, 실은 여러 가지 문제가 있다.

“결함?”

“마족 살해 필드를 만들기 위한 요구 마력이 무식하게 높아서 내가 한계까지 마력을 방출해야 가까스로 쓸 수 있어. 이 필드를 펼치고 있는 동안에는 가벼운 신체 능력 강화 마법이나 겨우 쓸 수 있겠지.”

도핑해서 뇌의 제한을 풀면 싸울 수 있겠지만, 그래도 대폭적인 약체화는 피할 수 없다.

“다시 한번 말할게. 그거, 루그밖에 못 써. 무식한 마력량의 루그가 가까스로 쓸 수 있다니 얼마나 필요한 거야!”

내 마력 총량은 일반인의 천 배를 가볍게 넘고 여전히 성장 중이다.

이 부분만큼은 용사조차 능가했다.

한 번에 방출할 수 있는 양은 남들의 열 배를 조금 넘는 정도지만 인간의 규격은 벗어났다. 그런 내가 가까스로 쓸 수 있다고 표현했다.

평범한 마력 보유자가 쓸 수 있을 리가 없다.

“일단은 완성시키자. 그런 다음에 어떻게든 소비 마력을 억제할 방법을 생각하는 거야. 나밖에 못 쓰고, 사용하는 동안에는 마력을 제대로 쓸 수 없어도 이것이 희망이긴 해."

필드가 만들어져 있을 때는 마족을 죽일 수 있는 상태가 된다.

마력을 거의 쓰지 않는 총이나 폭격이라면 살상력은 확보할 수 있다.

아니면 신창 【궁니르】를 사전에 쏴 두고 착탄 순간에 필드를 전개하는 방법도 있다.

혹은 내가 필드를 펼치고 전투는 타르트와 디아에게 맡기는 등 방법은 얼마든지 있다.

"그러네. 우선은 만들어야지. 꽤 힘들겠지만 나랑 루그라면 가능해."

"그래. 반드시 해낼 거야."

"그리고 한 가지 부탁이 있어."

디아가 얼굴을 살짝 붉히고 가슴 앞에서 검지를 맞댔다.

"무사히 완성하면 데이트해 줘. 최근에 연인다운 일을 전혀 못 했잖아. 바쁜 건 알지만 역시 쓸쓸해."

얼굴이 풀어지는 게 느껴졌다.

정말로 디아는 귀엽다.

"약속할게. 이 마법이 완성되면 둘이서 데이트하러 가자."

"응! 꼭이야."

"물론이지. 나도 기대돼."

디아와 둘이서 데이트.

그건 아주 매력적이다.

데이트하기 위해서도 우선은 마족 살해 마법을 완성시키자.

갑자기 의욕이 솟아났다.

한시라도 빨리 완성시켜 보이겠다.

꼬박 이틀을 디아와 둘이서 공방에 틀어박혔다.

연구에 열중했다.

"이거, 완성된 거지?"

"그래. 설마 이틀 만에 이 정도까지 될 줄은 몰랐어."

둘이서 완성시킨 마법식을 재검토했다.

마나를 이상적인 비율로 모으는 술식을 이틀간 계속 만들었다.

나 혼자 했다면 보름은 걸렸을 것이다.

하지만 디아 덕분에 마나를 모으는 법칙을 빠르게 발견했고, 효율은 나쁘지만 최소한의 요건을 충족시키는 마법식이 이렇게 완성됐다.

"나머지는 내 문제야."

이상적인 배분으로 다섯 색깔 마나를 모을 수 있으면, 특정 파장의 마력을 더하고 기로 융합해서 마족 살해 필드를 만들 수 있다. 마력과 기의 제어는 내 기량에 달렸다.

"그쪽은 걱정 안 해. 루그라면 할 수 있어. 진짜 문제는 효과를 실증할 수 없다는 거야.

루그의 이론을 의심하는 건 아니지만, 마족을 죽이기 전에는 이 마법의 유효성을 증명할 수 없어."

"그 말이 맞아."

어디까지나 내 기억에 따른 가설을 실현한 것에 불과하다.

실전에서 바로 시험해 볼 수밖에 없고, 만약 실패하면 달리 죽일 방법이 없기에 지극히 위험하다.

마족과 싸우게 됐는데 이 술식이 통하지 않는다면 전력으로 도망치자.

학원에서는 도망칠 수 없는 이유가 있었지만, 보통은 도주도 중요한 선택지 중 하나다.

이기지 못할 싸움을 계속하는 것은 어리석은 짓이다.

"이로써 약속대로 데이트네. 루그의 에스코트를 기대할게."

디아가 신이 나서 팔짱을 껴 왔다.

디아의 냄새와 부드러움에 정신이 아찔했다.

……지난번에 타르트와 일이 있었던 이후로 그런 쪽이 신경 쓰이고 말았다.

데이트인가. 왕도에서도 그 정도 시간은 있을 것이다.

"그래, 기대해 줘. 왕도는 그런대로 조사해 뒀어."

학원은 교외에 있긴 해도 일단 왕도다.

사는 곳은 철저히 조사해 뒀다. 지리적 이점을 얻는 것은 암살자에게 중요하기 때문이다.

디아가 눈을 비볐다.

"피곤해?"

"조금."

거의 잠을 안 잤으니 말이지.

디아는 한번 스위치가 켜지면 피곤함을 잊고 몰두해 버린다.

나는 【초회복】이 있으니까 문제없지만 디아는 그렇지 않다.

"방까지 옮겨 줄게."

"응, 부탁해."

공주님처럼 안아 들자 디아가 내 목에 팔을 둘렀다.

그대로 디아의 방으로 향했다.

변함없이 디아의 방은 마법 관련 도구와 책들만 가득하고 여성 취향의 물건은 거의 없었다.

침대에 디아를 내렸다.

"디아, 도착했어. 놔 줘."

침대에 내렸는데도 디아가 목에 두른 팔을 좀처럼 풀지 않았다.

"흐응~ 여전히 루그는 다 차려진 밥을 안 먹는구나."

장난기 어린 눈으로 올려다보는 디아.

마른침을 삼켰다.

"언젠가. 지금은 아직 일러."

"기다릴게. 나는 언제든 좋으니까……. 이런 거 부끄럽지만, 말 안 하면 선수를 뺏길 것 같단 말이야."

정말로 디아는 귀엽다.

언제든 좋은가.

그런 말을 들으니 이성이 날아갈 것 같다.

◇

이튿날, 이른 아침부터 마차와 말을 꺼내서 아버지와 함께 평소에는 쓰지 않는 비싼 천과 화려한 마구로 꾸몄다.

왕도에서 훈장을 받는 경우, 이런저런 작법이 있었다.

마차에조차 말이다. 초라한 마차로 왕도에 들어가면 촌놈이라고 무시당하기에 이런 작업이 필요했다.

"이 정도면 되나."

아버지가 솜씨 좋게 장식을 마쳤다.

임실자는 만사에 정통하나. 아버지노 나노 웬만한 일은 할 수 있었다.

마차조차 손수 만들었을 정도다.

"아버지는 센스가 있어요. 조금 더 시간이 있다면 무르테우에서 여러 가지 들여와서 화려하게 만들 수 있었을 텐데."

"그럴 필요는 없다. 최소한의 수준은 클리어했어. 이 이상은 쓸데없다."

아버지의 말대로 이건 딱 무시당하지 않을 만한 범위였다.

반대로 이 이상 화려하게 꾸미면 고작해야 남작이 기고만장하다는 말을 들을 수도 있다.

귀족 사회는 정말로 귀찮다.

"키안, 루그, 이쪽도 준비 다 됐어요."

"우와! 실용성만 중시하는 투아하데에 이런 마차가 있다니 놀라워."

은색 머리를 나부끼며 어머니와 디아가 왔다.

두 사람 다 큼직한 트렁크를 가지고 있었다.

갈아입을 속옷과 파티용 드레스가 들어 있었다.

영웅으로 추켜세워지는 내 가족으로 참가하는 이상, 그런대로 드레스가 필요해진다.

"그러고 보니 디아의 드레스는 어떻게 마련했어?"

디아는 비코네령에서 달랑 맨몸으로 왔다.

생활필수품은 마련했지만, 역시 왕도에서 열리는 파티에서 입을 만한 드레스는 안 샀다.

"언니…… 크흠, 어머니의 옛날 옷을 입기로 했어."

"옛날 옷이 딱 맞더라고요. 타르트에게도 입히고 싶었지만 가슴이 꽉 껴서."

"타르트는 하녀복을 입으면 되겠지."

각 가문에서 한두 명 정도는 파티에 사용인을 데려갈 수 있다.

예외도 있지만, 하녀는 드레스가 아니라 하녀복을 입는 경우가 많았다.

그러고 보니 타르트가 없다.

"죄송합니다, 늦었어요!"

커다란 바구니를 들고 타르트가 뛰어왔다.

"허둥대지 않아도 돼. 아직 출발까지 여유가 있어."

"다행이에요."

"그건?"

"도시락을 만들어 왔어요. 좀 더 빨리 완성할 예정이었는데, 아침에 한스 씨가 루그 님이 소를 치료해 준 것에 대한 답례라며 갓낳은 달걀을 가져와서요. 이렇게 신선한 달걀을 오늘 바로 안 먹으면 아까우니까 요리를 하나 더 추가했어요."

"그랬구나. 고마워. 그의 마음을 헤아려 줄 수 있겠어."

한스 씨가 굳이 이른 아침에 찾아온 것은 갓 낳은 달걀을 먹어 주길 바랐기 때문이리라.

그걸 왕도에서 돌아온 뒤에 먹는다면 그의 호의를 헛되이 만드는 짓이다.

타르트는 그린 배려를 할 줄 아는 이이었다.

"아주 좋은 달걀이었어요. 점심 기대해 주세요. 루그 님이 좋아하는 파르데찜으로 만들었으니까요."

"그거 좋은데. 그럼 슬슬 마차에 오를까."

"네!"

가족 전원이 마차에 오르자 말이 달리기 시작했다.

"가족 여행은 3년 만이네요. 루그가 무르테우에 간 뒤로 기회가 없었죠."

"그러게. 마지막으로 가족끼리 나간 건 그뤼나르 변경백의 파티였나."

……그때는 귀찮았었지.

변경백은 이 근방 일대를 통솔하는 대귀족으로, 공작과 비슷한 권력을 가지고 있었다.

남작인 투아하데 입장에서는 까마득한 존재다.

그 후계자가 결혼하게 되어서 근방의 귀족들이 소집되었다.

파티나 다과회 같은 귀족의 사교 행사는 최대한 피하는 투아하데지만 역시 이건 거절할 수 없었다.

"그때 루그, 예쁘게 꾸며서 귀여웠어요."

"……나는 트라우마야."

여느 때처럼 나는 어머니가 만든 옷을 입었다.

바지 스타일이지만 어딘가 소녀 취향이라 어른들은 귀엽다며 좋아했으나 아이들 사이에서는 남자인데 이상하다는 말을 들었다.

남의 시선을 그다지 신경 쓰지 않는 편이지만 수치심은 있다.

"하지만 최근 루그는 심술쟁이예요. 모처럼 루그를 위해 옷을 만들었는데."

"엄마한테는 미안하지만 마음에 든 옷이 있어."

이르그 발로르, 발로르 상회의 젊은 간부로 행동하기 위해서는 격식 차린 옷이 필요해서 여러 벌 준비해 뒀다.

이번에는 그걸 입는다.

물론 동일 인물이라고 의심받지 않기 위해 입은 적 없는 옷을 골랐다.

……어머니가 내게 손수 만든 옷을 입히려고 할 것은 예상했기에 미리 마하에게 보내 달라고 했다.

그렇게 화목하게 대화하다가 희미한 기척을 느꼈다.

아버지에게 사인을 보냈다.

투아하데에서 쓰이는 사인으로, 목소리를 내지 않아도 어느 정도 의사소통이 가능했다.

『아버지, 미행당하고 있습니다. 상대는 두 명.』

『나도 파악했다. 두고 있는 거리를 보아하니 목적은 감시다.』

『붙잡을까요? 그런대로 실력이 있지만 가능해요.』

『내버려 둬라. 아마 현재로서는 적이 아니야. 이쪽을 판별하고 있을 거다.』

왕도는 아직 멀었는데 감시라니 고생이 많다.

그만큼 투아하데가 주목받고 있다는 뜻인가.

비밀 가업인 암살업이 없어도 원래 의술 분야로 유명했다. 그 후계자가 용사의 대역까지 맡게 됐으니 싫어도 눈에 띈다.

저들이 어느 세력에 속했는지는 알 수 없다.

이쪽에서 먼저 나설 생각은 없지만, 해를 끼칠 것 같다면 조금도 봐주지 않고 제거할 것이다.

◇

마차 여행을 거쳐 왕도에 도착했다.

도중에 왕도 교외에 있는 학원을 지났는데 빠르게 재건 작업이 이루어지고 있었다.

이 속도라면 예정보다 빨리 학원이 재개할지도 모른다.

성문을 지나며 투아하데라고 전하자 기사단이 와서 선도해 줬다.

우리는 이대로 왕성에 들어가기에 그런 배려가 필요한 것 같았다.

심지어 우리를 위해 방을 준비해 뒀다고 했다.

이건 예상외였다. 수훈식이 열릴 때까지 왕도의 여관을 잡을 예정이었는데 성내에서 지내도 된다는 모양이다.

"성의 방을 쓸 수 있다니 믿기지 않아요. 루그, 대단해요."

"굉장하다. 그야 성에는 손님용 방이 많이 있지만, 남작 정도의 지위로는 보통 쓸 수 없는걸."

"역시 루그 님이에요. ……하지만 긴장돼요. 성에 들어가다니."

어머니와 디아는 신난 모습이었다.

반대로 아버지는 복잡한 표정을 짓고 있었다.

"그만큼 루그에게 기대하고 있다는 거겠지."

"본심이 어떤지는 모르지만 말이죠. 그런 척 굴지 않으면 지방 귀족들에게 변명할 수 없을 테니까요."

기대하는 만큼 억지를 부릴 것이라는 뜻이라서 아버지와 나는 그다지 기뻐하지 않았다.

가도를 빠져나가 거대한 흰 성에 들어갔다.

이 나라의 심장부인 만큼 튼튼하게 만들어져 있었다.

높은 성벽과 깊은 해자, 무수한 발리스타와 녹인 철을 붓기 위한 기구. 망루에는 수십 명의 병사.

하지만 그렇게 실용적이면서도 아름다웠다. 흉포성과 아름다움이 공존하는 성.

나쁘지 않았다. 내 취향이다.

성문을 지나 수백 미터쯤 이어진 정원을 달렸다.

계절 꽃이 흐드러지게 피었고 나무들의 전정은 예술적이었다.

효과적으로 분수가 배치되어 무지개가 떠 있었다.

"우와…… 예쁘다. 비코네도 이 정도 정원은 못 만들어."

"얼마나 돈이 많이 들까."

이 정원을 한 달 유지하는 돈으로 굶어 죽는 사람을 수백 명 단위로 구할 수 있을 것이다.

다만 이 정원은 그저 오락이 아니라 국가의 위신을 과시하는 장치이므로 낭비라고 잘라 말할 수는 없었다.

도중에 마차를 맡기고 성의 사용인들에게 인내받아 우리가 쓸 방으로 갔다.

부름이 있을 때까지 편히 쉬라고 했다.

부엌, 거실, 화장실 완비. 개인실이 여섯 개. 얼음이 잔뜩 든 간이 냉장고에는 이국의 과일이 늘어서 있었다.

게다가 종을 울리면 24시간 언제든 사용인이 날아와서 온갖 주문을 들어준다고 했다.

역시 성이다.

타르트의 얼굴이 멍했다.

"굉장한 그림이랑 항아리 같은 게 있어요."

"그거 하나로 사람 한 명의 인생을 살 수 있겠지."

메이드가 실수하여 몸으로 갚는 상황이 있는데, 이 항아리를 깨면 창관에 팔려서 죽을 때까지 일해도 다 갚을 수 있을지 의심스럽다. 그런 항아리였다.

"힉!"

타르트가 항아리에서 떨어져 몸을 움츠렸다.

기분을 이해 못 하는 바는 아니었다.

각자가 쓸 방을 정했다.

타르트가 하녀인 자신도 이곳에 있어도 되냐고 덜덜 떨면서 묻길래 상관없다고 했다.

……상황에 따라서는 타르트도 일하라고 하자. 그편이 내게 유리하다.

비치된 실내복으로 갈아입자 성의 사용인이 부르러 왔다.

나를 찾아온 거였다.

용사 에포나의 호출.

가족에게 그 취지를 전하고서 방을 나갔다.

에포나의 스킬 【나를 따르는 기사들】로 힘을 나눠 준다고 했는데 대체 얼마나 큰 힘을 얻을 수 있을까?

Episode6

제
6
화
──
암
살
자
는
힘
을
받
는
다

The world's
best
assassin, to
reincarnate
in a different
world
aristocrat

에포나가 나를 부른다며 사용인이 찾아왔다.

나갈 채비를 마치고 입을 열었다.

"타르트, 같이 와 줄래?"

"네! 맡겨 주세요."

"나는 여기 남을게."

타르트와 둘이서 방을 나갔다.

에포나가 스킬을 써서 스킬 몇 개를 내게 빌려준다는 모양이다.

……너무 먹음직스러운 먹이라 수상하지만 거절할 상황도 아니고, 조금은 에포나를 믿고 있다.

나는 각오를 다지고서 걸음을 내디뎠다.

◇

이 성은 고귀한 자일수록 위층을 사용했다.

최상층은 왕족만이 쓸 수 있었고, 그 아래층은 공작같이 왕족에 버금가는 존재들이 사용했다.

사용인이 나를 데리고 간 곳은 위에서 두

77

번째 층.

남작가의 자식일 뿐인 내가 발을 들일 수 없는 곳이었다.

그만큼 용사라는 존재가 중요시되고 있다는 거겠지.

복도를 걸어가니 여러 시선이 쏟아졌다.

내가 누구인지 아는 듯했다.

"내 얼굴 그림이라도 나돌고 있나?"

……암살을 실행할 때는 변장하여 머리색과 얼굴의 인상을 바꾸고는 있지만, 그다지 달갑지 않은 상황이다.

그렇게 안내받아 간 곳은 성에서 돌출된 형태로 마련된 정원이었다.

바닥도 천장도 특수한 유리가 쓰여 마치 하늘 위에 있는 화단 같았다.

그 중심에 용시 에포나가 있었다.

에포나는 나를 발견하자마자 달려와서 머리를 숙였다.

"루그, 미안해! 말하지 말라고 했는데, 나도 모르게 발끈해서 얘기해 버렸어. 그 탓에 일이 이상해져 버렸어!"

에포나가 몇 번이고 머리를 숙였다.

"신경 쓰지 마. 나는 신경 안 써."

"하지만, 미안."

"정말로 신경 쓰지 않아."

나는 에포나가 감정적으로 말해 버리는 인간이란 걸 이해했고 다음부터는 그걸 전제로 대응하자고 결심했다. 더는 똑같은 실수를 되풀이하지 않는다.

"으음, 그래서 말이지, 그게, 미안하다고 말로만 사과하는 건 부족하다고 생각해서 내 스킬을 쓰기로 했어. 스킬 이름은【나를 따르는 기사들】."

본론으로 들어갔나.

"그건 어떤 스킬이야?"

새삼 물어봤다. 그게 자연스러운 반응이기 때문이다.

"어어, 살면서 세 명까지 내 힘을 빌려줄 수 있어. 그렇다고 빌려준 힘이 없어지는 건 아니고 내가 강한 채로 누군가를 강하게 만들 수 있어. 구체적으로는 마력과 신체 능력이 올라가고 내 스킬 몇 개를 쓸 수 있게 돼."

"그건 고맙네. 마족과 싸울 거니까 조금이라도 강한 편이 좋아."

"다만 몇 가지 조건이 있어. 내 명령에 거역하면【나를 따르는 기사들】의 효과는 사라져 버리고, 소중한 것이 걸린 싸움에서 패배하면 힘을 잃어. 그리고 내가 죽어도 안 돼. 한 번 사라지면 똑같은 사람에게는 쓸 수 없어."

내가 기억하는 대로였다.

명령에 거역하면 빌린 힘이 사라지므로 에포나가 다소 무리한 요구를 해도 들을 수밖에 없다는 것은 귀찮다.

하지만 이 스킬의 가장 큰 문제는 패배하면 효과를 잃는다는 점이리라.

이 스킬을 손에 넣으면 더는 질 수 없다.

……다만 소중한 것이 걸린 싸움이라는 조건은 몰랐었다.

에포나의 말이 사실이라면 훈련이나 단순한 다툼은 문제없을 듯했다.

"그걸 누군가에게 써 본 적 있어?"

"실은 딱 한 번. 용사로 막 각성했을 때, 스오이젤과의 국경 근처에서 엄청나게 커다란 파란 머리 남자한테 썼어."

엄청나게 커다란 파란 머리 남자?

짚이는 사람이 한 명 있는데, 설마 그 녀석인가?

"아직 힘이 돌아오지 않았으니까 분명 그 사람은 건강하게 살아 있을 거야."

"참고로 어떤 스킬을 줬어?"

"【베르세르크】랑 몇 가지 더. 【나를 따르는 기사들】은 넘겨줄 스킬을 고를 수 없고, 그 사람에게 맞는 스킬이 선택되는 것 같아."

......가정에 불과하지만, 디아를 지키기 위해 싸웠던 세탄타는 에포나에게 힘을 받았던 게 아닐까?

녀석은 한 번도 제대로 싸운 적이 없다고 했으니 원래부터 터무니없이 강했을 것이다.

그런 녀석이 에포나의 힘을 받고 괴물처럼 강해졌다.

녀석과 대치했을 때 【베르세르크】와 흉포화한 상태에서도 이성을 유지하는 스킬이라는 완벽한 조합이 너무 절묘하다고 생각했었다.

반대였을지도 모른다. 어떤 상황에서든 이성을 유지하는 스킬을 가지고 있었기에 그 사람에게 맞는 스킬을 준다는 【나를 따르는 기사들】로 【베르세르크】가 선택되었을 가능성이 있다.

그렇다면 좋지 않다.

【나를 따르는 기사들】을 쓴 대상의 상태를 술자는 파악할 수 있다는 식으로 말했다.

에포나의 이야기를 들건대, 어떻게 된 것인지 녀석은 살아 있고 힘을 잃어버리지도 않았다.

언젠가 어딘가에서 만날지도 모른다.

……그 결투에서는 소중한 것을 걸었다. 그런데도 힘을 잃지 않았다면 그는 결투에서 패배한 것이 아니라 기습을 당했다고 인식해서 그런가? 그렇다면, 패배하면 힘을 잃는다는 이 규정은 조건이 꽤 느슨한 것 같다.

"그렇구나. 그런 스킬인가. 근데 정말로 괜찮겠어? 세 사람에게만 쓸 수 있는 스킬이잖아."

"괜찮아. 루그에게는 도움을 받았는걸. 루그가 있기에 나는 용사로 있을 수 있어. 그리고 그 약속을 지켜줘야 하니까."

에포나와 한 약속.

에포나가 괴물이 되면 내가 죽인다는 것.

그건 이 세계에 내가 불린 의미이기도 했다.

"알겠어. 사양은 안 할게. 에포나의 힘을 내게 줘."

"응, 맡겨 줘."

그렇게 말하자마자 에포나가 어깨에 손을 툭 올렸다.

손이 희미하게 초록색으로 빛나더니 그 빛이 내 체내에 흡수되었다.

"자, 끝났어. 이로써 루그는 내 스킬을 몇 개 쓸 수 있을 거야."

"이걸로 끝이야?"

굉장히 허탈했다.

"그저 스킬을 썼을 뿐이니까. 그리고 이것도 줄게. 억지를 부려서 한 장 받아 왔어."

에포나가 꺼낸 것은 감정지(鑑定紙)였다.

이걸 쓰면 보유 스킬을 알 수 있다.

상당히 귀중해서 입수하기 어려운 물건이지만 용사라면 융통성이 발휘될 것이다.

바로 써 보자.

……늘어난 스킬은 총 다섯 개.

특히 주목해야 할 스킬은 두 개였다.

하나, 【나를 따르는 기사들】.

공교롭게도 이 스킬을 그대로 빌리게 됐다.

하지만 고마웠다. 디아와 타르트를 강화할 수 있다.

앞으로 두 사람도 마족이 있는 전장에 데려간다. 평범한 훈련으로는 불안하다고 생각하던 차였다.

그리고 또 다른 주목할 스킬은 【가능성의 알】.

A랭크 스킬로, 전생하기 전에 고민하게 했던 스킬이다.

본인의 체질에 맞는 스킬로 변화하는 스킬.

S~B랭크 중 하나가 되므로, 만약 A랭크로 【가능성의 알】을 골라서 S랭크로 바꾼다면 이득이지만 그런 도박을 하고 싶지는 않았다.

본인의 체질에 맞는 스킬로 변하니 쓸모없는 스킬이 되지는 않을 것이다.

용사가 가진 스킬 중에서 나와 상성이 좋은 스킬이 뽑힌 만큼 나머지 스킬도 범용성이 높고 강력한 스킬뿐이었다.

"어떤 스킬이 갔어?"

"놀랍게도 【나를 따르는 기사들】을 받았어. 이런저런 사람들을 가르치는 일이 많았기 때문이려나?"

"루그에게 딱 맞는 스킬이라고 나도 생각해. ……있지, 루그라면 마족도 죽일 거야. 하지만 도저히 안 되겠다 싶으면 도망쳐서 도와달라고 해. 임금님의 말도 무시하고 달려갈 테니까."

열띤 손으로 내 손을 잡았다.

에포나는 내가 생각하는 것보다도 내게 우정을 느끼고 있는 듯했다.

"여차하면 그렇게. 하지만 그렇게 되지 않도록 나름대로 힘낼 거야. 너는 이 나라를 지키는 것만 생각해 줘. 네가 지키고, 내가 죽인다. 그런 역할 분담이야."

그러는 편이 에포나가 이 세계를 멸망시킬 가능성이 낮아질 것이다.

……내 죽음이 방아쇠라면 웃을 수 없는 일이지만.

에포나가 친구라고 부를 수 있는 사람은 현재 아마도 나뿐이다.

"응, 그거 좋다. 같이 세계를 지키자. 루그는 용사보다 용사구나."

"그렇진 않아. 나는 가장 먼 곳에 있어."

나는 어디까지나 암살자니까.

"그럼 나는 슬슬 갈게. 높은 사람이 불렀거든. 루그도 앞으로 그런 일이 늘어날 텐데 힘내. ……아니다, 루그라면 나보다 훨씬 잘하겠지. 그럼 이만."

에포나가 떠나갔다.

에포나가 사라지자 줄곧 뒤에 시립해 있던 타르트가 입을 열었다.

"루그 님, 간단히 힘이 손에 들어왔네요."

"그러게. 조금 맥이 빠졌어. 하지만 상상 이상으로 강한 힘이야."

세탄타가 강한 비결이 이것이라면 나도 동등한 수준으로 강해졌을 터다.

이전의 내가 평범하게는 쓰러뜨릴 수 없어서 암살할 수밖에 없었던 상대와 어깨를 견줄 만한 강함.

여러 가지로 실험해 보고 싶다.

"한동안 실험한 후 타르트에게 【나를 따르는 기사들】을 쓰고 싶어. 그러면 나는 평생 너를 놓지 못하게 돼. 그래도 괜찮겠어?"

"펴, 평생, 놓지 못한다니, 그, 그건, 그건 너무 멋져요! 꼭 써 주세요. 저는 루그 님의 것이니까요!"

흥분한 모습으로 타르트가 가슴 앞에서 주먹을 쥐었다.

그런 타르트가 참을 수 없이 귀여웠다.

"슬슬 돌아갈까. 내일부터 바빠질 거야. 예의범절은 제대로 기억하지? 상대가 상대인 만큼 평소보다 행동을 조심해야 해."

"맡겨 주세요. 루그 님을 망신시키지 않도록 철저히 연습했으니까요."

믿음직한 아이다.

학원에서의 행동거지를 보건대 그쪽은 문제없을 것이다. 오히려 내가 더 위험할 정도다.

왕도에 오자마자 수확을 얻었다.

앞으로 한두 개 더 기념품을 받아서 돌아갈 생각이다. 귀찮은 일을 떠맡는 만큼 얻을 것은 얻자.

제 7 화 ── 암살자는 거절한다

The world's best assassin, to reincarnate in a different world aristocrat

용사 에포나의 스킬 【나를 따르는 기사들】로 그녀의 힘과 몇 가지 스킬을 받았다.

바로 성내 훈련장을 빌려서 몸을 움직여 봤는데 신체 능력이 예전과는 격이 달랐다.

특히 현저한 것은 마력 방출량의 증가였다.

일반인의 천 배를 가볍게 넘는 마력 총량을 가졌으면서 한 번에 방출할 수 있는 양은 기껏해야 열 배 수준인 것이 약점이었지만 방출량이 이전의 두 배 정도로 뛰었다.

약점을 극복했다고 해도 좋았다.

이 상태라면 가능한 전술이 단숨에 늘어난다.

"전혀, 루그 님을 당해 낼 수가 없어요……."

숨을 거칠게 몰아쉬며 타르트가 털썩 무릎 꿇었다.

힘을 시험하기 위해 상대해 달라고 했었다.

일부러 마력으로 신체 능력을 강화하지 않고, 전력을 다하는 타르트와 싸웠다.

지금까지는 역시 그렇게까지 핸디캡을 안으면 타르트가 이겼지만 오늘은 내가 이길 수 있었다.

"이렇게까지 강해질 줄이야. 타르트에게 【나를 따르는 기사들】을 쓰는 게 기대돼."

"저도 기대돼요. 루그 님의 것이 제 안에 흘러들어 줄곧 이어져 있다니, 무척 멋져요."

미묘하게 야하게 들리는 건 기분 탓인가?

당장에라도 【나를 따르는 기사들】을 타르트에게 쓰고 싶지만, 그전에 여러 가지로 실험하고 싶었다.

부여하는 스킬을 어느 정도 조작하고 싶기 때문이다.

내 스킬과 에포나에게 빌린 스킬 중에서 타르트에게 주고 싶은 스킬이 명확히 존재했다.

내가 소유한 스킬 중에서는 【성장 한계 돌파】와 【초회복】.

이 콤보는 지극히 흉악하다. ……마족과 싸우고 알았다. 그건 인간인 채로 상대해서는 안 되는 존재다.

타르트는 인간을 초월해야 한다.

그리고 에포나의 스킬 중에서는 【가능성의 알】.

이 세 개를 골라서 줄 수 없을지 여러모로 시험해 보고 타르트에게 힘을 줄 것이다.

"단 세 명에게만 쓸 수 있는 스킬을 제게 써 주신다니 황송해요……. 하지만 꼭 저를 택해 주시면 좋겠다는 생각도 들어요."

"너를 택하지 않는 건 말도 안 되지. 타르트는 내 가족이고 소중한 조수야."

처음에는 단순한 도구로 손에 넣었다. 하지만 지금은 아니다.

……절대적인 충성심을 품도록 세뇌 기술을 쓴 내가 이런 말을 하는 건 염치없는 짓일지도 모르지만, 우리의 유대는 진짜라고 믿고 있다.

"네! 제계는 루그 님이 전부예요. 나머지 두 명은 누구로 할지 정하셨나요?"

"한 명은 디아로 결정이야."

디아는 내 연인이고 언젠가 맺어진다. 그런 점을 차치하더라도 내가 아는 한 가장 우수한 마법사다.

택하지 않을 이유가 없다.

"다른 한 명은요?"

"조금 고민돼. 무난하게 가자면 마하지. 하지만 그 아이는 후방 지원이라 전투력은 별로 중요하지 않아. 바로 전력이 될 사람을 고르자면 아버지도 한 방법이지만…… 당분간 보류야. 필요하다는 생각이 들면 그때 고르려고."

살면서 세 명만 고를 수 있으니 조바심은 금물이다.

오히려 한 자리 남겨 두는 상황이 바람직하다.

"저는 마하면 좋겠어요. 마하는 저와 비슷한 수준으로 루그 님을 좋아하니까요."

"생각해 둘게. 슬슬 돌아가자. 저녁 식사 모임에 초대받았어."

"긴장되네요. 루그 님을 망신시키지 않도록 힘낼게요."

걱정은 하지 않는다.

타르트의 메이드 스킬은 이미 일류의 영역이니까.

◇

저녁 식사 모임. 왕가가 예정한 모임이 아니라 우리와 마찬가지로 왕성에 체재하는 것이 허락된 귀족이 기획한 모임이었다.

참가하는 것은 왕성에 체재하는 것이 허락된 고귀한 귀족들과 그 가족.

합계 50명 정도.

투아하데 같은 남작가는 간단히 날려 버릴 수 있는 자들뿐이었다.

우리가 들어가자마자 시선이 모였다.

먼저 화제의 인물인 나, 그다음에 어머니, 타르트, 디아에게.

다들 미인이라면 신물 나게 봤겠지만, 그래도 이 세 사람은 독보적이라 눈길이 안 갈 수가 없을 것이다.

자랑스러운 반면, 찜찜한 감정도 들었다.

타르트는 안절부절못했으나 어머니와 디아는 익숙한 모습이었다.

낯익은 얼굴도 있었다.

노이슈 게피스.

이 나라 4대 공작가의 후계자이자 같은 반 친구다.

노이슈가 가볍게 눈짓했다.

"이번에 이렇게 초대해 주셔서 감사합니다."

아버지가 인사했기에 우리도 따라서 인사했다.

저쪽의 지시대로 자리에 앉았고 타르트는 뒤에 섰다.

작위를 생각하면 말석에 앉아야 하지만, 이번에는 주빈이라 상석으로 안내받았다.

"투아하데 남작, 수훈식 준비도 있을 텐데 불러서 미안하네. 여러 가지로 영식에게 이야기를 듣고 싶어서 말이야. 앉게."

게피스 공작이 빙그레 웃었지만 그 눈은 웃고 있지 않았다.

중간 키, 중간 몸집, 희끗희끗한 머리. 얼굴은 반듯했고 무엇보다 지성의 빛이 있었다.

진짜 귀족이다. 화려하게 꾸미고 있는데 조금도 아니꼽지 않고 조화로웠다.

……주위를 둘러보니 제대로 된 귀족이 많았다.

주최자인 그가 고른 면면이기 때문이리라.

유유상종. 제대로 된 귀족 곁에는 제대로 된 귀족이 모이는 걸까. 아니면 게피스 공작이 부하를 교육하고 있기 때문일까.

잠시 후 요리가 나왔다.

"그렇게 된 거구나."

작은 목소리로 중얼거렸다.

오늘 요리는 전부 북방의 재료를 쓴 것들이었다.

전채 요리 3종은 북방에서만 채취할 수 있는 소비에라는 산나물에 호두를 버무린 것, 마찬가지로 북방에 서식하는 하르타꿩이라는 대형 꿩으로 만든 햄에 베리 소스를 뿌린 것, 북방의 강에 사는 그라연어 루이베(얼린 회).

이어서 나온 고기 요리도 역시 북방 요리였다. 북방에서 쓰이는 향토 된장으로 삶은 곰 고기.

애초에 빵부터 추위에 강한 호밀을 썼다.

부탁만 하면 성에서 식사가 제공됨에도 불구하고 이 요리는 전부 게피스령의 재료를 가져와서 만들게 한 것이었다.

고향 요리가 그리워진 것도, 파티 참가자에게 자기 영지가 얼마나 대단한지 선전하는 것도 아니다.

이 자리에서 이런 요리를 내어 자신의 입장과 의지를 나타내고 있는 것이다.

왕족, 아니, 중앙의 결정에는 따르지 않는다. 게피스령은 자신의 의지로 움직이겠다는 뜻이다.

"오늘 요리는 어떤가? 중앙의 요리보다 자네 입에 맞지 않나?"

시선이 향한 곳은 나였다.

"이 요리는 맛있지만 중앙의 요리도 나쁘지 않습니다."

이 질문의 의도는 북방, 즉, 게피스 공작가에 붙을 것인가.

그래서 현재로서는 그 제안을 받아들일 수 없다고 말했다.

식사 자리의 분위기가 조금 험악해졌고 그에 맞춰 아버지가 입을 열었다.

"이렇게 중앙식으로 에둘러 말하는 건 그만두죠. 이곳은 도청당하고 있지 않고, 수상한 자도 없음을 제가 보증합니다. ……게피스 공작님이 모은 분들 중에 밀고자가 숨어 있지 않다면 괜찮을 겁니다."

아버지의 말에 게피스 공작의 측근들이 격분하여 일어났다.

"우리 중에 그런 자가 있을 리 없잖은가!"

"투아하데 남작, 너무 기고만장한 것 아닌가!"

게피스 공작이 흥분한 귀족들을 노려보자 그들은 입을 다물고 자리에 앉았다.

정말로 잘 길들였다.

"부하들이 실례했네. 아무래도 걱정이 많은 자들이라."

에둘러 말하는 건 여차할 때 꼬투리를 잡히지 않기 위해서다.

만약 아까 「게피스 공작 측에 붙지 않겠나?」라고 말했다가 그게 공론화되면 반역이라고 여겨질 수도 있다.

반대로 말하자면, 여기서 나누는 대화가 새어 나가지 않는다면 그런 방식은 취하지 않아도 된다.

"그럼 단도직입적으로 묻겠네. 중앙의 이번 결정. 우리는 납득하지 못했네. 애초에 자네가 마족을 죽일 수는 있는가?"

날카로운 눈빛이 나를 꿰뚫었다.

"모르겠습니다. 지난번 마족은 죽일 수 있었지만 완전히 죽이지 못했습니다. 아무리 죽여도 재생해서, 용사 에포나가 없었다면 저는 도망칠 수밖에 없었겠죠."

"호오, 완전히 죽이지는 못했지만 죽일 수는 있었나. 쉽사리 믿기 힘들군. 어떻게 그런 일이 가능하지?"

"S랭크 스킬을 보유하고 있습니다."

"그건 어떤 힘이지?"

"그 스킬이 알려지는 건 제 약점을 공개하는 것과 같습니다. 어떤 스킬인지는 묵비하겠습니다."

본래 S랭크 스킬을 가지는 것은 1억 명에 한 명.

가진 것만으로도 영웅의 자질이 있다는 말이다.

"좋다. 하지만 완전히 죽이지 못한다면 의미가 없지 않나?"

"완전히 죽일 방법을 하나 고안했습니다. 단, 실증은 하지 못했습니다. 다음에 마족이 나타나서 써 보기 전까지는 죽일 수 있다고 단언할 수 없습니다. 그러니 죽일 가능성이 있다고 말씀드리겠습니다."

숨겨 봤자 소용없기에 솔직하게 대답했다.

"그렇군……. 만약 실증된다면 엄청난 일이야. 역사상 처음으로 용사가 아닌 자가 마족을 죽이는 거야."

그게 얼마나 대단한 사건인지 이 사람은 알고 있다.

나뿐만 아니라 누구나 마족을 죽일 수 있게 될지도 모른다.

"그러므로 제가 사고사 혹은 병사하여 용사를 중앙에 잡아 둘 정당성이 사라질 가능성에 걸기보다는 제가 마족을 죽일 가능성에 걸어 주시면 좋겠습니다. ……그리고 저도 죽고 싶지는 않기에 힘껏 저항할 겁니다. S랭크 스킬을 가진 저를 죽이는 건 꽤 힘든 일입니다."

"하하하, 아무래도 간파당한 모양이군."

가도로 오는 동안 감시당했는데, 왕도에 들어서자 흉흉한 무리가 그 자리를 이어받았다.

요컨대 그들은 내가 마족을 죽이지 못한다면, 용사를 지방에 안 보내도 된다는 결정을 지금 뒤엎어서 피해를 줄이려고 생각한 것이다.

"자네는 꽤 재미있어. 투아하데 남작은 좋은 아들을 뒀군."

"예, 루그는 제 자랑입니다. 이걸로 이야기가 끝인 것은 아니겠지요?"

"음, 이번 일로 우리는 중앙에 정나미가 싹 떨어졌네. 왕가는 아직 괜찮지만 그 녀석들에게 좌지우지되고 있어."

그 녀석들이란 동쪽과 서쪽의 4대 공작이다.

북쪽과 남쪽, 게피스 공작가와 투아하데와 연이 깊은 공작가는 정상적인 편이지만 동쪽과 서쪽은 나쁜 의미에서 귀족다운 귀족이었다.

"만약 루그 군이 정말로 마족을 죽일 수 있다면 자네는 앞으로 점점 명성이 높아질 거야. 동쪽과 서쪽이 무시할 수 없을 정도로. 용사와 자네의 힘을 우리가 흡수한다면 그 녀석들의 영향력을 지울 수 있어. 아무쪼록 힘을 빌려주지 않겠나? 물론 보수는 줄 것이고 힘껏 백업하겠네."

마족 퇴치에 대귀족의 지원을 받을 수 있는 것은 고맙다.

게피스 공작이라는 뒷배를 얻을 수 있다는 것도 귀족 사회에서 살아가는 데 무엇보다 힘이 된다.

하지만 여기에 흡수되면 움직이기 어려워지는 것도 사실이라 고민스러웠다.

"저를 흡수한다고 하셨는데 구체적으로는 어떻게 하실 겁니까?"

여러모로 머리를 굴리며 이야기를 재촉했다.

"우리 집안과 투아하데가 혼인으로 맺어지는 것이지. 혈연이 가장 강력해. 내 아들 노이슈와 그쪽의 아름다운 영애 클로디아가 말이야."

"거절하겠습니다."

즉답했다.

공작가와 이어지면 투아하데에 압도적인 권력과 부가 굴러 들어올 것이다.

반면, 거절하면 게피스 가문을 적으로 돌릴 가능성이 있다.

그렇더라도 이 제안은 논외다.

디아를 넘길 수 있을 리가 없다.

나는 두 번째 인생을 마음대로 살기로 했다.

그러니 내 사랑을 위해서라면 대귀족의 제안이더라도 걷어차겠다.

"가주가 아니라 자네가 답하는가?"

"네. 공작님께 필요한 것은 투아하데의 힘이 아니라 제2의 용사로서의 힘이니까요. 아버지도 제게 맡기실 겁니다."

"그래, 루그에게 맡기마."

거절당하리라고 생각하지 못했는지 게피스 공작은 살짝 인상을 썼다.

순수하게 손익을 계산하면 걷어찰 수 없는 제안이다.

그들은 최대한의 성의를 보이고 있었다.

디아의 약혼 상대로 측근 귀족이 아니라 게피스 공작가, 그것도 후계자를 고른 것은 그런 뜻이다.

"……그런가. 아쉽기는 하지만 자네의 활약을 기대하지. 자네가 마족을 쓰러뜨리면 다시 보세. 다음에는 다른 제안을 하겠네."

"네. 기대하고 있겠습니다."

"음, 귀찮은 이야기는 끝이네. 지금부터는 순수하게 식사를 즐기게. 우리 주방장이 만드는 디저트는 일품이라네."

"그러겠습니다."

전혀 붙잡지 않았다.

내 반응을 보고 가망이 없음을 눈치챘을 것이다.

그 후로는 순수하게 요리를 즐겼다.

디아는 북방 요리를 마음에 들어 했다. 그걸 보고 먹으면서 레시피를 추리했고 대충이나마 짐작했다.

다음에 디아를 위해 만들어 보자. 그것도 더 맛있게.

나는 디아를 좋아한다. 그러니까 뺏기지 않을 거고, 디아가 기뻐하는 일은 해 주고 싶다.

Episode8

제
8
화
─
암
살
자
는
성
기
사
가
된
다

The world's
best
assassin, to
reincarnate
in a different
world
aristocrat

그날 이후로도 다양한 파티에 출석해야 했다.

역시 기운이 빠졌다.

귀족 중에는 영지 경영을 부하에게 맡기고 자신은 왕도의 별장에서 사는 것을 스테이터스로 여기는 자가 일정 수 있어서 그런 동료와 일상적으로 파티를 한다는 모양이다.

그런 귀찮은 일을 잘도 한다.

"루그, 인기 만점이에요. 며칠 만에 혼담이 산더미처럼 쌓였어요."

"엄마, 지금은 피곤하니까 그런 얘기 하지 마."

내가 용사 대신 지방에 파견되는 것은 용사를 중앙에 대기시키기 위한 변명에 불과하고 실질적인 취급은 버리는 패였다.

그런데도 중앙의 발표를 액면 그대로 받아들이는 자도 많아서 가는 곳마다 혼담이 나왔다.

"디아에게도 많이 오고 있어요."

"전부 패스, 볼 생각도 없어. 그런 것에 질려버린 건 나도 마찬가지야."

비코네에 있을 때부터 수없이 그런 이야기

를 거절해 온 만큼 디아는 나보다도 더 맞선을 싫어했다.

"후후후, 루그, 디아가 관심 없어서 다행이네요. 그때 얼굴 엄청 났어요."

"나도 질투해 줘서 기뻤어."

그때라는 것은 게피스 공작과의 식사 자리에서 디아와 노이슈의 혼인 이야기가 나왔을 때다.

감정을 드러내지 않는 훈련은 했지만 나도 모르게 저지르고 말았다.

"……너무 놀리지 마."

"오늘은 루그 귀여워."

침대에 앉은 내 뒤에서 디아가 안겼다.

그 모습을 타르트가 부럽다는 얼굴로 보고 있었다.

하고 싶으면 하면 될 텐데.

"이제 두 가지 행사만 치르면 되나. 길었어."

왕도에 온 뒤로 파티가 계속됐지만 그것도 겨우 끝이다.

마침내 오늘이 서훈식 날이었고, 서훈식 후에 열리는 파티를 끝내면 투아하데령으로 돌아갈 수 있다.

고작 며칠 있었는데 고향이 못내 그리웠다.

"루그에게 있어 중요한 날이니까 제대로 멋을 내야겠어요."

"아! 나도 도울게. 짜잔, 화장 세트. 남자도 연하게 화장하면 멋있어져."

"저기, 저도 뭔가 할 수 있는 일을."

세 사람이 슬금슬금 다가와서 조금 무서웠다.

그 모습을 보고 아버지가 작게 웃었다.

"……아버지, 내가 곤란해하는 모습이 즐거워요?"

"아니, 옛날부터 묘하게 어른스럽고 빈틈이 없는 루그가 그녀들 앞에서는 맥을 못 춘다 싶어서 말이야."

"그러는 아버지도 어머니 앞에서 그렇게 되잖아요."

"그렇지. 투아하데의 남자는 꽉 잡혀 사는 운명일지도 몰라."

그건 사양이다.

역시 남자로서는 리드하고 싶다.

……그렇게 생각하면서도 결국 여성진의 알 수 없는 파워를 이기지 못하고 몸을 내줬다.

완성된 모습이 나쁘지 않았다는 것이 그나마 위안이었다.

◇

서훈식은 성내 알현실에서 열렸다.

먼저 참가자가 안에 들어가고, 주역인 나와 에포나가 나중에 들어갈 예정이었다.

아침부터 잇달아 마차가 성내에 들어왔다.

이국에서 온 자도 많았다.

마족 토벌의 공적을 기리는 행사이니 타국에서도 남의 일은 아닐 것이다.

디아는 공들여 화장해서 얼굴의 인상을 바꿨다.

비코네에서도 손님이 오기 때문이다.

대기실에 있는 나를 부르러 온 사람이 알현실 앞까지 안내했다.

이미 에포나가 있었다.

용사에 걸맞게 파란색과 흰색을 기조로 한 시원하고 늠름한 남성복을 입고 있었다.

"안녕, 루그. 이쪽 생활은 쾌적했어?"

"연이은 파티로 솔직히 지긋지긋해. 이런 생활을 잘도 버티는구나."

"아하하, 익숙해져. 내 힘은 어때?"

"몸에 익었어. 처음에는 너무 강한 힘에 당황스러웠지만 어떻게든 잘 구사하게 됐어."

아무리 강한 힘이 있어도 제어하지 못하면 의미가 없다.

갑자기 신체 능력이 크게 뛰어서 새로운 스피드 영역에서의 전투에 익숙해지기까지 고생했다.

"다행이다. 그럼 분명 마족도 이길 수 있을 거야."

"그렇지. 단독형 마족이더라도 지금이라면 뒤처지지 않아."

……힘을 받기 전에도 군세형이라면 문제없었겠지만 단독형은 대응하기 어려웠다.

군세형은 지난번 오크처럼 잇달아 권속을 만들어서 떼로 전부 짓밟는 마족이다. 천 마리를 넘는 군세가 성가시긴 해도 그만큼 본체의 힘은 약하다. 반대로 단독형은 마물을 만들어 내지는 못하지만 마족 본인이 압도적으로 강하다.

타입이 다를 뿐이지 어느 쪽이나 커다란 위협인 것은 틀림없었다.

"용사님, 루그 님, 이쪽으로 오시지요."

사용인이 우리를 불렀고, 준비가 됐는지 문이 열렸다.

붉은 융단이 옥좌까지 뻗었고 양쪽으로 참가자들이 늘어서 있었다.

그중에 뜻밖의 얼굴이 있어서 놀랐다. 마하가 있었다. 성대한 식으로 만들기 위해 유력 상인들도 불렀을 것이다.

마하는 일부러 말하지 않았는지 날름 혀를 내밀었다.

"정말이지, 저 녀석은."

우리는 중앙에 깔린 붉은 융단 위를 걸었다.

이 자리에 있는 모든 이의 시선이 우리에게 모여서 낯간지러웠다.

옥좌 앞에 무릎 꿇고 고개를 숙였다.

……왕은 착한 성품과 심약함이 엿보이는 사람이었다.

실제로 그런 인물일 것이다.

"용사 에포나여. 고개를 들라."

"예, 폐하."

에포나가 일어났다.

"이번 싸움에서 마족을 잘 물리쳤다. 용사에 걸맞은 공로였다. 상을 내리마."

그러고서 포상을 읊었다. 아주 푸짐했다. 그리고 그 상이 그녀의 친가로 보내질 것이라고 했을 때, 에포나는 복잡한 표정을 지었지만 바로 원래대로 돌아와 감사의 말을 전했다.

"다음으로 루그 투아하데. 대혼란 속에서 용케 마족을 발견하여 용사를 이끌었다. 그뿐만 아니라 용사를 포함한 누구보다도 많은 마물을 격퇴하고 마족을 소멸 직전까지 몰아넣었다. 용사가 아니면서도 용사에 버금가는 강함과 활약이다. 젊은 영웅의 탄생, 이것은 신이 주신 복음이다!"

용사 에포나를 치하할 때보다도 분위기가 달아올랐다.

용사가 아닌, 더군다나 신분 낮은 귀족의 자식이 영웅으로 떠받들리는 것은 확실히 소설 같은 입신출세였다.

······나는 그런 걸 안 바라지만.

"루그 투아하데, 그대에게는 성기사 지위를 내리겠노라. 용사와 동격의 권한이 주어질 것이다."

"감사합니다."

성기사. 조금 낯간지러운 이름이다.

게다가 용사와 동격의 권한이라니 놀라웠다.

어지간한 억지는 다 부릴 수 있다.

용사의 권한은 다방면에 미쳤다.

"이리 오거라."

왕의 말을 따라 그의 앞으로 가자 왕이 직접 목걸이를 걸어 줬다.

검 모양이 세공된 회중시계. 성기사 신분을 보증하는 물건일 것이다.

"루그 투아하데, 성기사라는 이름에 걸맞은 활약을 기대하마. 홀륭하게 마족을 격퇴하라."

"폐하의 기대에 부응할 수 있도록 미력하나마 힘을 다하겠습니다."

몇 명이 박수를 보냈다. 그것이 전파되어 방 전체에 박수 소리가
울려 퍼졌다.

이 장면만 보면 감동적이지만, 용사만이 죽일 수 있는 마족에게
보내는 것이니 죽으라는 소리나 다름없었다.

일단은 마족 살해 방법을 모색 중이지만, 그걸 저들이 알 리가
없다.

그렇게 생각하니 머리가 아팠다.

그 후로는 기계적으로 보냈고, 연회장이 댄스홀로 넘어가 성대한
파티가 벌어졌다.

음악이 울리며 춤추는 자도 많았다.

참고로 나는 빠르게 둘러싸여서 질문 세례를 받았다.

괜한 꼬투리를 잡히지 않도록 내내 무난한 대답으로 일관했다.

식사할 새도 없었다.

드디어 한숨 돌릴 수 있을 듯해졌을 때, 음악이 바뀌었다.

춤추자고 권유하기 딱 좋은 타이밍이라 많은 귀족 영애가 다가
왔다.

……저 무리에게는 붙잡히고 싶지 않다.

그렇게 생각한 내 손을 누군가가 잡았다.

"같이 춤추지 않을래요?"

"기꺼이, 오르나 대표 대리."

내 손을 잡은 사람은 마하였다.

고마웠다. 얼굴도 잘 모르는 귀족 영애보다 훨씬 마음이 편하다.

음악에 맞춰 춤췄다.

나는 언젠가 이런 자리에 잠입하기 위해 춤을 익혔다. 마하는 고아가 되기 전에는 거상의 딸이었기에 영재 교육을 받았고, 오르나에서 내 대리로 일하고 있으므로 이런 경험은 풍부했다.

"성기사님, 피곤해 보이네."

루그 오빠가 아니라 성기사님이라고 부르는 것은 다른 사람들이 보고 있기 때문이리라.

이르그 발로르와 루그 투아하데는 별개의 인물이고, 마하와 루그는 이번이 첫 만남이니까.

"뭐, 그렇지. 역시 이런 자리는 나하고 안 맞아."

"그건 아니야. 허영과 환상으로 꾸며진 세계, 그 안에서도 당신이라면 잘 춤출 수 있을 거야."

"할 수 있는 것과 하고 싶은 건 달라."

"참고로 지금은 어때?"

"원해서 춤추고 있어. 상대가 마하라면 이런 것도 나쁘지 않아."

오늘 마하는 아름다웠다.

어른스러운 파란 드레스를 입고 색향을 흩뿌리고 있었다. 타르트와 디아에게는 이런 농염함이 없었다.

"후후, 기뻐. ……예언할게. 곧 좋은 소식이 도착할 거야."

"그거 좋은데."

마하에게 부탁했던 그건가.

발로르 상회의 정보망을 이용해서 줄곧 입수하려고 했던 것.

음악이 후렴으로 들어서며 격해졌다.

그에 맞춰 댄스도.

마하가 웃었다. 이러고 있으니 왕도에 온 뒤로 쌓인 울분도 풀리는 것 같았다.

이렇게 춤추고 있는 것은 우연이 아니다. 마하가 나를 배려하여 누구보다도 빨리 춤을 신청해 준 덕분이다.

그 마음에 보답하고 싶다.

다른 사람들에게 들리지 않도록 목소리에 지향성을 지니게 하는 특수한 발성법을 사용했다.

"마하, 왕도에서 돌아가면 무르테우에 갈게. 몇 가지 할 일이 있으니 말이지."

"변함없이 바쁘구나."

"뭐, 그렇지. 그리고 하루 데이트하자."

"기뻐. 열심히 꾸밀게. 연극이랑 레스토랑도 예약하고. 그리고……."

마하가 데이트 계획을 차례차례 읊었다.

이건 바쁠 것 같다.

하지만 싫지 않았다.

평소에는 에스코트하는 측이지만 가끔은 에스코트받는 것도 나쁘지 않다.

◇

그 후로 디아와도 춤췄고, 정신 차리고 보니 파티는 끝나 있었다.

밤이 늦었지만 그날 중으로 귀로에 올랐다.

……이번에 왕도에서 얻은 것은 크다.

바쁜 와중에 준비한 일이 앞으로 큰 의미를 지닐 것이다.

Episode9

제
9
화
│
암
살
자
는
데
이
트
한
다

The world's
best
assassin, to
reincarnate
in a different
world
aristocrat

왕도에서의 긴 체재 기간을 끝내고 마차가 밤길을 달렸다.

아버지와 교대로 마차를 몰고 있는데 지금은 내 차례였다.

양옆에는 디아와 타르트가 있지만 아까부터 디아의 심기가 좋지 않았다.

"미안해. 데이트 약속을 잊은 건 아니야. 하루 정도 시간을 만들 수 있을 줄 알았어."

"흥이다. 그건 나도 머리로는 이해하고 있어. 그래서 불평 안 하는 거야. 하지만 감정은 별개야. 토라지는 것 정도는 봐줘."

마족 살해 마법을 열심히 개발해 준 답례로 왕도에서 데이트하기로 약속했었다.

하지만 투아하데 가문의 격으로는 거절할 수 없는 귀족의 초대가 잇달아 들어와서 하루도 자유 시간을 만들 수 없었다.

……아주 잠깐 생긴 시간도 노이슈가 가져갔다. 그의 아버지가 있는 곳에서는 얌전했지만 그 후에 밀회를 요구해 온 것이다.

그 녀석이 설마 그런 엄청난 생각을 하고 있

111

을 줄은 몰랐다.

"벌충할게. 돌아가면 무르테우에 갈 거니까 이번에야말로 진짜 데이트야."

"무르테우! 지난번에 갔을 때, 다 못 돌아본 곳이 있었어."

언제 심기가 불편했냐는 듯 얼굴이 환해졌다.

댄스파티 때 마하가 보고했던 일 때문에 무르테우에 갈 생각이었다.

거기에 디아도 데려간다.

디아를 위해 갖추고 싶은 것도 있었다.

"근데 괜찮은 건가요? 성기사가 된 루그 님은 성에서 명령이 떨어지면 바로 현지에 가야 하잖아요."

"괜찮아. 1박 2일 예정이야. 그렇게 오래 체재하진 않을 거야."

성기사의 임무는 외적이 나타났을 때 현지에 파견되는 것.

어느 정도 이동에 제약은 있었다.

"후후, 기대된다. 어디 갈까."

"가고 싶은 곳이 있으면 에스코트할게. 그곳은 내 앞마당이야."

거기서 이르그 발로르로 2년을 살았다.

그곳은 제2의 고향이라고도 할 수 있었다.

"그럼 부탁해. 역시 에스코트해 줬으면 하니까. ⋯⋯다음에도 취소되면 진짜로 우울해할 거야."

"그렇게 안 되도록 노력할게. 만약 무르테우에 가기 전에 어디선가 마족이 나타나면 그때는 현지에서 데이트하자."

"그건 그것대로 기대된다. 지방에 갈 일은 별로 없잖아."

"그럴 필요가 없으니까."

엄청난 별종이 아닌 한, 귀족은 웬만해선 다른 영지에 발을 들이지 않는다.

디아가 눈을 비볐다. 졸려 보였다.

"피곤하지? 무리하지 말고 자."

파티장에서는 그 미모 때문인지 귀족 도련님들한테 한참 시달렸다.

대귀족인 비코네의 영애였던 만큼 능숙하게 상대했지만 피곤하긴 할 것이다.

그리고 이미 시간이 늦었다.

"그럼 그럴게. 잘 자."

그렇게 말하자마자 내 허벅지를 베고 누웠다.

내가 자라고 말하기는 했지만 이럴 줄은 몰랐다.

하지만 내게도 좋은 일이었다.

디아의 예쁜 얼굴을 이렇게 가까이서 볼 수 있으니까.

그런 디아를 타르트가 부럽다는 얼굴로 보고 있었다.

디아가 살짝 눈을 떴다.

"늘 탐난다는 눈으로 본단 말이지. 그러길 원한다면 해 달라고 말해. 그거, 타르트의 나쁜 버릇이야. 사양할 거면 철저히 얼굴에 드러내지 마. 그렇게 루그가 알아차려 주길 기대하며 입을 벌리고서 맛있는 과실이 떨어지길 기다리는 건 다른 의미에서 어리광이고 뻔뻔한 짓이야."

"저, 저는 그럴 생각이."

"조금 더 루그와 나를 믿어 줬으면 좋겠어. 루그는 타르트의 응석 정도로 귀찮아하지 않을 테고 나도 화 안 내. 루그의 무릎을 베고 싶으면 그렇게 말해."

"……저기, 정말로 그래도 되나요?"

"나는 좋아. 루그는 어떨지 모르겠지만."

"그럴 수가."

"부탁해 보면 알 수 있겠지."

꽤 매섭게 말했지만 정론이다.

그런 부분도 디아의 사랑스러운 점이기는 했다.

"저, 저기, 루그 님, 저도 무릎베개해도 될까요?"

타르트가 조심조심 물었다.

"그래, 상관없어. 그 대신 마부 교대 시간이 되면 이번에는 타르트의 무릎을 베게 해 줘."

"네! 무척 기대돼요."

그렇게 말하며 타르트까지 머리를 얹었다. 타르트가 머리를 편히 얹을 수 있게 디아가 위치를 바꿨다.

두 사람에게 동시에 무릎을 내주니 역시 무거웠지만, 그 이상으로 묘한 행복감이 들었다.

응, 기운이 난다. 그리운 우리 집까지 서두르기로 할까.

◇

　투아하데령에 돌아가 하루 쉬며 기운을 회복한 후 무르테우에 왔다.

　"……있지, 루그. 예전부터 인간을 벗어나긴 했었지만, 드디어 완벽하게 인간을 그만뒀구나. 뭘 어떻게 하면 투아하데에서 여기까지 두 시간 만에 올 수 있는 거야."

　"디아를 안고 달려서."

　짐이 많으면 마차를 쓰지만, 그렇지 않다면 달리는 편이 빠르다.

　【두루미 혁낭】에도 아직 여유가 있어서 짐을 신경 쓸 필요는 없었다.

　그래서 그렇게 했다.

　그리고 에포나의 힘을 얻은 지금의 신체 능력을 시험해 보고 싶기도 했었다.

　"루그 님, 더는 못 가겠어요."

　타르트가 주저앉았다.

　"아니, 따라온 것만으로도 충분해."

　내가 선두에서 바람을 막으며 달렸기에 부담을 많이 덜기는 했겠지만 그래도 따라온 게 정상은 아니었다.

　이 나라에서 그게 가능한 사람은 아마 100명도 안 될 것이다.

　"저도 깜짝 놀랐어요. 루그 님을 절대 놓치기 싫다고 생각하니 힘을 낼 수 있었어요. 바로 여관을 잡고 심부름 다녀올게요. 데이트 잘 하고 오세요."

"그래, 부탁할게."

타르트에게는 마하를 먼저 만나서 미리 준비해 달라는 말을 전해 달라고 부탁했다.

역시 마하도 내가 벌써 여기 왔으리라고는 예상하지 못했을 것이다.

◇

그리고 무르테우 데이트가 시작됐다.

자주 찾는 제과점에서 케이크를 즐겼다.

"으음~ 생크림이 혀에 감기는 이 맛, 최고야."

"여기는 언제 와도 좋아."

이 가게는 가격이 비싼 편이지만 고급 제과점은 아니었다. 그러나 사용하는 재료의 질은 고급 제과점 못지않았다.

무엇보다 파티시에의 실력이 좋았다.

생크림과 스펀지. 모든 과자의 토대가 되는 것이 뛰어났다.

분위기 말고는 볼 게 없는 고급 가게가 아닌 이런 실력파 가게는 귀중하다.

케이크와 함께 주문한 허브티를 마셨다.

"이거, 루그가 즐겨 마시는 차지?"

"아무래도 이곳도 오르나의 단골이 된 모양이야."

화장 브랜드 오르나에서는 화장품뿐만 아니라 부유층 여성을 주요 타깃으로 삼은 허브티와 과자도 팔기 시작했다.

이 찻잎은 외국의 차밭을 사들이고 거기서 키운 찻잎을 품종 개량한 것이라 오르나에서만 입수할 수 있었다.

그러고 보니 마하도 이 가게의 팬이었지.

이 가게에서 제공하는 가격으로 낼 만한 찻잎은 아니었다.

선전을 겸하여 저렴하게 넘기고 있을 것이다. 숨은 맛집이고 손님층이 좋았다.

최고의 케이크와 함께 마시면 허브티는 더욱 돋보인다.

자택에서도 이 차를 마시고 싶다고 생각하는 손님은 많을 테니 좋은 선전이 되리라. 마하는 잘하고 있다.

"선물로 포장해 가야겠다. 역시 죄책감이 들어……. 다음에 타르트랑도 단둘이 데이트해 줘."

"포장은 돌아갈 때 받을 수 있게 준비해 달라고 했으니까 걱정하지 마. 그런데 다른 아이랑 데이트해 달라고 여성 쪽에서 말하다니 의외네."

"보통은 말 안 해. 하지만 타르트가 너무 착해서 아무래도 신경 쓰여."

이러니저러니 해도 디아는 타르트를 소중한 친구라고 여기고 있었다.

저번에 마차에서 한 말도 타르트를 위해 한 말이었다.

"……그리고, 좀 못되게 말하자면 여유가 있는 걸지도 몰라. 루그의 첫 번째가 나라는 생각이 드니까 타르트를 용납할 수 있는 거야. 그렇지 않았다면 아마도 질투했을 거야."

"그런가. 마음이 제대로 전해져서 다행이야. 자, 슬슬 다음 가게로 가자. 데이트는 지금부터야."

"응, 가자!"

손을 잡고 가게를 나왔다.

오늘 데이트를 디아만 기대한 게 아니었다. 나 역시 그랬다.

◇

디아가 흥분한 모습으로 내 얼굴을 올려다보았다.

"굉장했어. 마법을 안 썼는데 마법보다 신기한 일들뿐이었어. 반토막이 났어도 살아 있고, 사람이 순간 이동하고. 도중부터 마법을 쓰는 게 아닌가 의심돼서 마력을 감지해 봤는데 정말로 마법 같은 건 전혀 안 쓰고 있었어!"

우리가 본 것은 이른바 매직 쇼였다.

연극 같은 건 대귀족인 디아가 질리도록 봤을 것 같아서 최근 외국에서 들어와 유행하기 시작한 마술 쇼를 봤다.

디아는 생각보다 더 마음에 든 모양이었다.

"재미있지?"

"루그는 어떻게 한 건지 알아?"

"오늘 본 건 전부 알아."

"말도 안 돼. 그럼 말해 봐."

"먼저 인체 절단은 사용된 침대에 장치가 있어. 침대 다리에 천

이 덮여 있어서 사각지대였잖아? 그게 포인트야. 실은 두 사람이 있어서, 이렇게 허리를 꺾어 상반신 담당은 하반신을, 하반신 담당은 상반신을 침대 아래에 숨기고 있는 거야. 두 사람 사이를 칼날이 통과하는 거니까 절단된 건 아니야."

"아! 듣고 보니."

아주 간단하지만 그렇기에 눈치채기 어렵다.

"그럼 순간 이동은?"

"그건 쌍둥이야. 무대에 비밀 문이 있고 한 명이 숨을 만한 공간이 있었어. 카드를 힘껏 공중에 던지며 천을 펄럭였잖아? 관객의 의식은 카드와 천에 집중돼. 그 틈에 비밀 문에 숨고, 떨어진 곳에 있는 비밀 문에서 다른 쌍둥이가 나타난 거지. 비밀 문 너머에 비밀 통로가 있어서 이동한 뒤 나타나는 게 일반적이지만, 쌍둥이의 이점을 살려 순식간에 나타나서 임팩트를 더했어."

"쌍둥이라는 걸 어떻게 알았어?"

"자세히 보면 쌍둥이라도 차이는 있고, 옷을 보면 단박에 알 수 있어. 똑같은 옷이어도 가죽의 광택, 때, 바느질 자국, 전부 달라."

"……마력이나 마법, 신체 능력, 그런 걸 전부 제하더라도 루그는 인간이 아니야."

상당히 실례되는 말을 들은 것 같다.

"속임수를 알게 돼서 후련해?"

"응, 후련해. 근데 용케 간파했네."

"버릇이지. 극단적으로 말해서 마술이라는 건 두 가지 기술로 집약돼. 하나, 사각지대를 만들어 꾀를 부린다. 둘, 보여 주고 싶은 걸 보여 주고, 보여 주기 싫은 건 인식하지 못하게 한다. 이건 내 본업도 똑같아. 그래서 상대가 이쪽의 인식을 유도하려고 하면 반사적으로 그 반대를 보게 돼. 안 그러면 본업에서는 죽으니까. 그래서 상대가 보여 주지 않으려고 하는 쪽을 보고 속임수를 눈치채는 거야."

기본 사상뿐만 아니라 암살 수법에는 마술 같은 것도 꽤 있다.

그래서 전생에는 마술도 얼추 습득했다. 발상과 인식 조작 기술, 섬세한 손놀림 단련.

암살과 마술은 상성이 아주 좋다.

"정말로 뭐든 잘하는구나. ……혹시 오늘 본 것보다 더 대단한 마술을 할 수 있는 거 아니야?"

"할 수 있어."

"그럼 다음에 보여 줘! 저택에서 파티하자. 파티라고 해도 귀족 같은 파티가 아니라 가족끼리 신나게 즐기는 파티. 거기서 루그가 엄청난 마술을 하는 거야."

"재밌겠다. 그때는 협력해 줄래? 조수가 필요해."

"으음, 반 토막이 나는 그런 아플 것 같은 마술이 아니라면 좋아."

"디아가 조수가 되어 준다면 든든하지. 조수가 미인일수록 마술이 빛나니까."

"그렇게 말하니 조금 쑥스럽네."

디아가 내 팔에 팔짱을 꼈다.

밤이 된 거리를 둘이서 걸었다.

오늘의 예정은 끝났고 이제 여관으로 돌아가기만 하면 된다.

잠시 후 디아가 멈춰 섰다.

"왜 그래?"

"저기, 루그, 그게, 여기 들렀다 가지 않을래?"

멈춰 선 곳은 여관 앞이었다.

하지만 평범한 여관이 아니라 잠시 쉬다 갈 수 있는 곳이었다.

투아하데 같은 시골에는 이런 곳이 없지만 도회지라면 준비되어 있었다.

"으음, 역시, 타르트라든가…… 어머니가 있는 저택에서는, 그런 거 조금 부끄러워서, 루그에게 부탁할 수 없었지만, 여기라면."

가여우리만큼 새빨간 얼굴로 소곤거렸다.

기분 탓일지도 모르지만 평소보다 달콤한 냄새가 났다.

"상관없지만, 역시 나도 이런 곳에 들어가면 참을 자신이 없어. 정말로 괜찮은 거지?"

"……그런 거 묻지 마. 안 그래도 죽을 만큼 부끄러운데."

말 그대로 더는 내 얼굴을 보기 힘든지 고개를 숙여 버렸다.

예전부터 디아와는 사랑을 나누고 싶다고 생각했었다.

하지만 일단 손대면 이성의 제어가 풀려서 한없이 가 버릴 것 같았기에 참았다.

그러나 이런 말까지 듣고 가만히 있으면 그건 남자가 아니다.

"디아, 되도록 상냥하게 할게."

대답도 듣지 않고 손을 끌었다.

디아는 고개를 숙인 채였지만 손을 꽉 맞잡았다.

드디어.

마른침을 꼴깍 삼켰다.

성교는 전생에도 이쪽에서도 몇 번이나 경험했다.

하지만 사랑하는 사람과 몸과 마음을 포개는 것은 처음이다.

굉장히 긴장됐다.

……이렇게까지 긴장되는 건 처음이었다. 모 대국의 대통령을 암살할 때도 이토록 긴장하지 않았었다.

하지만 암살자의 기술로 그 긴장을 겉으로는 전혀 드러내지 않았다.

내가 불안해하면 디아는 훨씬 무서워할 테니까.

Episode10

제
10
화

암
살
자
는
임
명
한
다

The world's
best
assassin, to
reincarnate
in a different
world
aristocrat

오랜만에 한 데이트는 즐거웠다.

……그리고 마침내 디아와 일선을 넘었다.

상냥하게 하자, 처음이니까 무리하지 말자. 그런 배려는 순식간에 날아갔다.

디아가 너무 예쁘고 사랑스러워서 브레이크 가 듣지 않았다.

그 탓에 디아는 녹초가 되었고, 그대로 여 관에 묵고 가자고 제안했지만 단칼에 기각되 었다.

아무래도 타르트에게 의심받고 싶지 않은 듯했다.

조금 의외이긴 했다. 디아는 그런 부분을 신 경 쓰지 않는 타입인 줄 알았는데.

"디아 님, 몸이 안 좋으세요? 아까부터 밥이 그대로예요."

"그렇지 않아. 건강해. 나는 건강해. 응."

"몸이 안 좋으시면 사양 말고 말씀해 주세 요. 아! 벌레에 물리셨네요. 목에 빨갛게 자국 이 생겼어요. 이것 때문일지도 모르겠네요. 그 리고 걷는 모습도 조금 이상하셔서 신경 쓰였

125

어요."

"그, 그런 게 아니라, 괜찮아, 괜찮으니까!"

여관에서 아침을 먹고 있는데 디아의 거동이 여러모로 수상했다.

갑자기 멍해지거나 얼굴을 붉히는 등 여러 가지로 바빴다.

어제 그 일 때문이겠지.

나도 방심하면 저렇게 될 것 같다.

좋아하는 사람과 맺어지는 건 이토록 행복하고 충만해지는 일이라는 것을 여태껏 몰랐다.

디아와 눈이 마주쳐서 그대로 몇 초간 마주 보고 말았다.

그런 우리를 보고 타르트가 고개를 갸웃했다.

헛기침하고 입을 열었다.

"타르트, 어제는 어땠어?"

"네, 마하와 얘기하고 왔어요. 그리고 저희가 살던 집도 청소했어요. 꽤 더러워져서, 정기적으로 가고 싶어졌어요."

이르그 발로르 시절에 셋이서 살던 저택.

그곳에는 지금도 마하가 살고 있다.

분명 너무 바빠서 청소를 못 하고 있을 것이다. 수입을 생각하면 사람을 고용하는 편이 좋겠지만, 애석하게도 그곳에는 남에게 보이면 안 되는 것들이 많았다.

"그래? 그것도 괜찮겠네. 나는 슬슬 나갈게. 두 사람은 자유롭게 보내."

이르그 발로르 모습으로 마하와 만난다.

그렇기에 타르트라면 몰라도 디아와는 따로 행동하는 편이 좋았다.

"알겠습니다. 디아 님, 지난번처럼 거리를 안내할까요?"

"······패스. 조금, 걷기 힘들어서. 나는 여기서 책이라도 읽으며 느긋하게 있을래. 타르트는 신경 쓰지 말고 마음대로 해."

"역시 몸이."

"그런 거 아니야. 그러니까 정말로 신경 쓰지 마. 오히려 신경 쓰는 게 싫어."

이것도 내 탓이다.

마력을 흘려서 자기 치유 능력을 높이자고 했지만, 디아는 아픔을 음미하고 싶다며 거절했다.

"그럼 여관방은 디아 님께 맡기고 나갔다 올게요. 에스리 님이 사 오라고 하신 게 이것저것 있어서요. 그게 끝나면 디아 님이 맛있다고 하셨던 과자를 잔뜩 사서 돌아올게요. 따로 원하시는 게 있으면 말씀해 주세요."

"고마워. 그렇게."

두 사람은 괜찮을 것 같다.

슬슬 나가자.

마하가 목 빠지게 기다리고 있을 터다.

그리고 나도 그걸 빨리 손에 넣고 싶다.

마족과 싸우기 전에 그것이 있는 것과 없는 것은 차이가 크다.

◇

　그것의 입수를 기대하며 이르그 발로르 모습으로 마하의 집무실에 왔지만, 대량의 서류를 떠맡게 되었다.

　"이르그 오빠, 그쪽 서류를 부탁해. 올 거면 적어도 일주일 전에 가르쳐 주지. 그랬으면 만날 시간을 제대로 만들 수 있었는데. 그게 오늘 중으로 끝나지 않으면 오르나의 업무가 정체돼."

　그렇게 말하는 마하의 책상에도 서류 더미가 있었다.

　"미안. 그게 손에 들어왔다는 얘기를 들으니 도저히 가만있을 수가 없었어. 무엇보다 마하와 오랜만에 느긋하게 얘기하고 싶었어. 왕성에서는 서로 그럴 여유가 없었으니까."

　"……나도 참 단순하지. 그런 말 한마디에 기뻐하다니."

　서류를 훑어보기 시작했다.

　마하는 바쁘다.

　내가 오르나 대표를 떠넘긴 데다가 암살 가업도 돕고 있었다.

　마하의 시간을 확보하기는 상당히 어렵다.

　그래서 지금은 그 시간을 만들기로 했다. 원래 오르나는 내 것이고, 당연히 대표의 일은 할 수 있었다.

　대표의 일은 지침 표명과 승인.

　지금은 서류를 훑어보며 승인·기각·보류로 분류하는 일을 하고 있는데, 그러면서 파악할 수 있는 오르나의 성장이 생각보다 훌륭해서 다시금 마하의 수완을 높이 평가했다.

묵묵히 서류 더미를 정리하고 있으니 손님이 방에 들어왔다.

"오랜만이에요. 이르그 님."

"오랜만이야. 이렇게 얘기하는 게 얼마 만이지? 베르이드."

나타난 사람은 온화한 미소를 짓는 호청년.

베르이드 발로르. 이르그의 형이다.

발로르 상회의 후계자면서 어째서인지 오르나에서 일하고 있었다.

그런 그가 생글생글 웃으며 서류 더미를 늘렸다.

그의 등장과 동시에 어조와 음성을 루그에서 이르그로 바꿨다.

"그동안 쌓인 얘기는 있지만 우선은 일을 정리해 주세요. 이쪽도 부탁드려요."

"……베르이드, 나는 여기에 다른 일로 왔어. 긴급한 안건이 아니라면 나중에 가져왔으면 좋겠는데."

"긴급한 안건이에요. 마하가 왕성 파티에 참석하기 위해 여러 가지로 무리해서 큰일이라고요."

"그건 말하지 않길 바랐는데."

마하가 겸연쩍은 표정을 지었다.

그런가. 왕성 파티에 참가하려면 왕복 일정도 포함해서 며칠이 날아간다.

일이 쌓여 있을 만도 했다.

마하가 파티에 얼굴을 내민 것은 오르나 대표로서의 업무였다. 그곳에는 귀족과 각 업계의 중진이 있어서 연줄을 만들 절호의 기회였고, 신진기예인 오르나로서는 참가해야 할 파티였다. 하지만 그 이상으로 나를 걱정했기에 온 것이었다.

정말로 마하에게는 항상 부담만 지운다.

역시 시급히 어떻게든 해야겠어.

······예전부터 검토했던 이야기를 조금 앞당기자.

일단 손을 멈추고 베르이드를 보았다.

"오르나의 대표 권한으로 베르이드를 오르나의 부대표로 임명할게. 권한은 대표 대리 마하와 거의 동격. 단, 모든 것에서 마하가 우선돼."

계약서를 작성했다.

재빨리 필요한 골자를 담고 마지막으로 날인.

그걸 베르이드에게 떠넘겼다.

갑작스러운 일에 베르이드가 말을 잇지 못했지만 신경 쓰지 않고 설명을 계속했다.

"베르이드에게는 마하의 보좌가 아니라 지휘를 맡기기로 했어. 그런고로 이 서류를 승인할 권한을 베르이드도 얻었지. 같이 서류를 정리해 주지 않을래?"

"저, 저기, 괜찮은 건가요?"

"오르나는 내 브랜드야. 내가 괜찮다고 했으니까 괜찮아. 베르이드에게 이런 권한을 주자고 예전부터 생각했었어. 일솜씨, 인격, 부하와 거래처의 평가를 마하에게 받아 보고 나서 그래야겠다고 결정했어."

마하의 부담은 너무 무겁다.

평범한 인간이라면 오르나의 대표 대리만으로도 머리가 터질 텐데, 나를 위한 정보 수집, 각종 물자 준비, 암살업 백업까지 하고 있었다.

그 부담을 어떻게든 덜어 주고 싶었다.

가장 쉬운 방법은 오르나의 통상 업무 대부분을 누군가에게 맡기는 것.

다행히 베르이드라는 남자는 매우 우수했고 인격적으로도 신뢰할 수 있었다.

베르이드는 새로운 일을 시작하는 것에 관해서는 평범하지만, 기존 사업을 지키고 키우는 쪽으로는 나보다 뛰어난 인재다.

"……감사한 제안이네요. 실은 꽤 욕구 불만이었어요. 마하를 통해 이르그 님의 발상을 배우는 건 놀라움의 연속이라 충실한 나날이었지만, 동시에 그저 보면서 보좌만 하는 건 감질났거든요."

"그럴 것 같았어. 앞으로는 그 수완을 마음껏 발휘해 줘."

의욕이 있는 것 같아서 다행이다.

이제 마하도 상당히 편해지겠지.

셋이서 덤비니 순식간에 일이 정리되었다.

이대로 가면 마하와 보낼 시간이 생길 듯했다.

"슬슬 끝이 보이기 시작하네."

"역시 셋이서 하니 빨라."

"두 분의 처리 속도가 비정상적인 거예요."

베르이드가 기막히다는 얼굴로 우리를 보았다.

그저 단순히 익숙함의 문제다.

그리고 마침내 일이 끝났다.

우선은 차를 끓여서 한 잔 마시자.

그렇게 생각하고 일어났다.

그와 동시에 베르이드가 입을 열었다.

"저기, 이르그 님, 마하. 꼭 들어 주셨으면 하는 얘기가 있습니다."

각오를 다진 남자의 눈이었다. 하지만 음성이 떨리고 있었다.

배짱 두둑한 베르이드가 이런 태도를 보이는 것은 드문 일이었다.

대체 뭐지?

"물론 들을게. 차 마시면서 얘기하자."

"찬성. 목말라."

……이야기를 듣고 차를 다 마시면 베르이드는 돌아가라고 하고 마하에게 그걸 받자.

드디어 새로운 비장의 패가 손에 들어온다.

정확히는 비장의 패를 만들기 위한 재료가.

전생에도 이때다 싶을 때 애용했던 것.

그게 있으면 그저 막연하게 썼던 여러 스킬을 더욱 깊이 사용할 수 있을 터다.

마족과 싸우기 전에 손에 들어와서 정말로 다행이다.

마하가 신규 개척한 루트로 들인 찻잎을 사용해 차를 끓였다.

지금 오르나에서 다루는 차와는 별개로 또 다른 나라에서 들인 것이었다.

현지에서는 녹차처럼 거의 발효시키지 않고 쓰는 모양이지만, 맛을 보니 발효시키는 편이 맛있을 것 같아서 나는 홍차처럼 발효시켜 쓰고 있었다.

맛뿐만 아니라 약효를 생각해도 이쪽이 나았다.

"산미가 강한 차네. 피곤할 때 마시면 좋겠지만, 사람을 가리는 맛이야. 맛 이상으로 향이 독해. 톡 쏘는 가시 돋친 향이야."

"나도 그렇게 생각해. 가게에는 조금 개량한 다음에 진열해야겠어. ……아니지, 만인에게 먹히는 상품으로 만들기보다 오히려 향과 산미, 그리고 약효를 더 강하게 만드는 게 좋을지도 몰라. 원래부터 각성 효과와 피로를 마비시키는 효과가 있는 차고, 휴식을 주는 차가 아니라 한두 시간 무리해서 움직이기 위해

133

음용하는 일종의 각성제로 팔자."

이건 찻잎 가공을 궁리하면 어떻게든 될 것 같다.

그리고 원하는 대로 만들어지면 전장에서 수요가 있다.

"우리 고객층에 수요가 있을까?"

"그쪽에는 없어도 군대 같은 곳에서는 있지 않을까? 앞으로 마족과 마물이 적극적으로 활동하기 시작하면 기호품의 매상은 떨어질 거야. 그런 경향은 이미 나타나기 시작했어. 귀족들도 마물이나 마족 대책으로 군비를 갖추기 시작했고 기호품에 쓰는 지출을 줄이고 있으니까. 그 구멍을 메꾸기 위해서도 기존 고객층과는 다른 곳에 파는 건 괜찮은 방법이야."

지금 생각해 낸 구상이지만 옳다는 확신이 있었다.

"괜찮네. 군대가 상비해 준다면 많은 양을 정기적으로 팔 수 있어. 판로를 오르나가 독점하고 있는 것도 강점이야. 약효를 생각하면 충분히 승산이 있어. 판매는 맡겨 줘."

"역시 이르그 님. 차 하나로 돈벌이 냄새가 나기 시작했어요. 저도 보고 배워야겠네요."

이런 건 특기다.

허브라는 것은 일종의 약이자 독.

암살자라서 그런 것들은 잘 다룰 줄 알았다.

"그쪽 방면으로 개량해서 완성되면 마하에게 보낼게. 그리고 마하. 이 찻잎, 가능하면 지난번처럼 현지의 농지와 소작인을 통째로 매수해 줘."

"알겠어. 그렇게까지 마음에 들어 하다니 의외네."

"약효가 말이지. 이쪽 대륙에서는 좀처럼 손에 들어오지 않는 종류니까."

아무리 지식과 기술이 있어도 재료가 없으면 아무것도 할 수 없다.

이 나라에는 없는 유효한 성분을 포함한 찻잎이라면 가능한 한 비축해 두고 싶다.

……그리고 상품으로 만드는 것 외에 사적으로도 이 성분은 필요했다.

"진행해 둘게. 마침 통상 업무를 베르이드에게 떠넘길 수 있을 듯해서 짬이 나고."

"알겠습니다. 저도 새로운 일에 손을 대고 싶지만 어쨌든 아직 계획이 조잡하니까요. 그때까지는 지키며 키우는 데 주력하겠습니다."

"둘 다 잘 부탁해. ……그러고 보니 베르이드, 하고 싶은 얘기가 있다고 했지? 목도 축였으니 슬슬 말해 주지 않을래?"

저 베르이드가 거창하게 말했다. 상당히 중한 안건이리라.

"감사합니다. 마하한테만 말할까 싶기도 했는데 그건 공정하지 않은 것 같아서요. 이왕이면 이르그 님이 계실 때 말하기로 했습니다."

갑자기 표정을 굳힌 베르이드는 먼저 마하의 얼굴을 보고 이어서 내 얼굴을 보았다.

"마하, 저와 결혼해 주세요. 이르그 님에게는 그 허락을 받고 싶습니다."

나와 마하는 얼굴을 마주 보았다.

나는 동요했지만 마하 쪽은 침착했다.

그리고 슬프게 미소 지었다.

"의외네. 발로르 상회의 후계자가 나 같은 평민에게 그런 말을 하다니. 좀 더 좋은 상대가 있지 않을까? 당신한테도, 발로르 상회에도."

"마하보다 좋은 여성은 없습니다. 함께 일하며 진심으로 반했어요. 집안 따위 관계없어요. 마하의 수완은 어떤 집안이나 재산보다 더 나은 가치가 있습니다. 무엇보다 마하의 아름다움과 강함에 반했습니다. 저는 진심이에요."

"그래, 진심이구나. 그럼 나도 진심으로 대답할게. 미안해."

머리를 숙였다.

잠시도 망설이지 않고 즉답했다.

발로르 상회의 후계자에게 청혼받고 거절하다니, 평범하게 생각하면 있을 수 없는 일이지만 마하는 그렇게 했다.

이 청혼을 받아들이면 세계 유수의 부자가 될 수 있을 것이다. 그뿐만 아니라 부친의 상회도 즉시 되찾을 수 있다.

"이유를…… 들을 필요도 없겠네요. 알고 있었어요. 하지만 그렇기에 말하고 싶어요. 이르그 님은 비겁해요. 마하의 마음을 알면서 무시하고, 그런 주제에 속박하고 있어. ……저는 가겠습니다."

"잠깐 기다려."

"걱정하지 마세요. 일은 제대로 할 테니까요. 상인의 자존심을 걸고 사랑과 일은 구분할 겁니다."

베르이드가 방을 나갔다.

설마 그가 마하에게 청혼할 줄이야.

아니, 이렇게 돼도 이상하지 않았다.

마하는 매력적인 여성이니까.

"마하, 괜찮겠어? 발로르 상회의 후계자와 맺어지면 어떤 장사든 할 수 있어. 그리고 네 꿈도 이룰 수 있어."

"괜찮아. 나는 이르그 오빠의 것이야."

마하가 안겨 들었다.

그런 일이 있었는데도 평소와 같았다. 어쩐지 기분이 좋아 보였다.

"역시 청혼받아서 기뻤어?"

"그게 무슨 소리야. 틀렸어. 이르그 오빠가 질투해 줘서 기쁜 거야. 지금은 이르그로 행동하고 있을 텐데 본래 성격이 나올 만큼 동요하고 있잖아. 말투, 돌아왔다는 거 눈치 못 챘어?"

"부끄럽네. 나도 아직 멀었어."

이 꼴을 하고서 동요하지 않았다고는 말할 수 없었다.

마하를 뺏긴다. 그렇게 생각한 순간, 납을 삼킨 듯한 기분이 들었다.

전생에는 이렇게까지 평정심을 잃은 적이 없었다.

죽음의 문턱에서도 말이다.

내가 인간이 되었기 때문이리라.

"항상 나만 질투했던지라 고소해. 가끔은 이르그 오빠도 질투를 맛보도록 해. 나는 늘 그런 기분이야. 어제도 귀여운 애인이랑 같이 그런 곳에 들어가고 말이야."

"그걸 어떻게 알아?"

"이 도시는 내가 깐 정보망의 중심이야. 루그로 행동하더라도 모든 정보가 들어와."

"……정말로 든든하네."

"그래, 맞아. 나는 편리해. 그러니까 놓치지 마. 확실하게 붙들어 두지 않으면 언젠가 어딘가로 가 버릴지도 몰라."

"어떻게 하면 막을 수 있어?"

"여성을 붙잡아 두는 수단은 하나밖에 없잖아."

마하의 요구는 이해했다.

하지만 그 요구는 들어줄 수 없다.

"선물을 가져왔어. 마하가 좋아했던 쿠르로뉴의 슈크림이야."

"후후, 날 상당히 저렴하게 봤구나. 하지만 오늘은 용서해 줄게. 나는 끈기 있는 편이야. 아직 더 기다릴 수 있어."

"미안."

"하지만 영원히 기다릴 거라고는 생각하지 마."

"명심할게."

사람의 마음이 쉽게 변하는 것은 질리도록 봤다.

그렇기에 마하의 애정에 너무 기대서는 안 된다고도 생각한다.

"좋아. 본론으로 들어가자. 이르그 오빠가 갖고 싶어 하던 걸 마침내 손에 넣었어. 바다 너머 아득한 남쪽 대륙에 있는 부족이 강령 의식에서 트랜스 상태에 빠지기 위해 쓰는 비약의 원료. 마르슈라고 불리는 버섯을 말린 거야."

마하가 가죽 주머니에서 말린 버섯을 꺼내 늘어놓았다.

나는 그걸 손가락으로 부숴서 혀로 굴렸다.

"……당첨이야. 이걸로 비장의 물건을 만들 수 있어."

"이거, 뭐에 쓰게?"

"약에. 예전에 뇌의 제한을 풀어서 일시적으로 마력 방출량을 높이는 약을 만들었잖아?"

그게 있었기에 마족이 학원을 습격했을 때 살아남을 수 있었다.

"그랬지. 재료를 모으느라 고생했었어."

"이번에도 약을 만들 거야. 일시적으로 집중력을 극한까지 높여서 뇌의 처리 능력을 향상시키는 약."

"그런 걸 뭐에 쓰려고?"

"조금 과하게 강해져서 몸의 제어가 따라오지 못하게 됐거든. 진짜 강적이 나타났을 때 온전한 힘을 내기 위해 필요해. 그리고 스킬 실험에도 쓰고 싶어. 스킬은 말이지, 그저 사용하는 게 다가 아니라 더 심오한 곳에 이를 수 있어. 용사의 싸움을 보고 깨달았어. 그 열쇠가 되는 것이 집중력과 연산력. 그 영역에 이르려면 약이 필요해."

그렇기에 약을 만들고 싶었다.

전생의 마약 정제 기술을 바탕으로 만들고자 하는 약.

재료를 모을 때, 각지에 흩어진 전승이나 의식 등을 살폈다.

지금 여기서 혀로 맛보고 확신했다. 찾던 물건이다. 지금까지 모은 약물과 이걸 조합하면 원하는 약이 손에 들어온다.

오늘 마하와 베르이드에게 대접한 찻잎도 재료 중 하나였다.

"뒤숭숭하네. 하지만 이르그 오빠가 하려고 하는 일을 생각하면 필요하겠어. 맡겨 줘. 안정적으로 공급할 수 있는 기반을 서둘러 갖출게."

"그래, 부탁해. 맨날 부탁만 해서 미안해."

마하에게는 빚을 너무 많이 졌다.

언젠가 한꺼번에 갚고 싶다.

"괜찮아. 대가는 제대로 받을 거니까. 데이트해 줘. 귀여운 애인이랑 데이트했으면서 이렇게나 노력한 나랑은 데이트 안 해 준다든가 그러지는 않겠지? 아주 맛있는 레스토랑을 예약해 뒀어."

"그래? 디아랑 타르트도 부르자."

"안 돼. 데이트라고 했잖아. 호텔도 예약했지만 그쪽은 취소할게. 역시 애인과 첫 체험을 하고 난 다음 날 바로 다른 여자를 품는 건 이르그 오빠 성격상 무리니까."

"마음 써 줘서 고마워."

"천만에. 흠흠, 지금 반응을 보니 한동안 시간을 두고 이르그 오빠가 자기 마음에 변명할 여지가 있는 상황에서는 될 것도 같네. 그때를 노려야겠어."

조심하자.

마하와 그런 관계가 되는 것이 싫지는 않지만, 휩쓸려서 그런 일을 하고 싶지는 않다.

"디아와 타르트는 얌전해서 대하기 편한데 마하와 있으면 맨날 휘둘리는구나."

"남자 체면을 세워 주는 온순한 여자…… 그쪽 방면으로는 그 두 사람을 이길 엄두가 안 나는걸. 나는 내 매력으로 승부할 거야. 그러니까 데이트 에스코트는 맡겨 줘."

그리하여 그 후로는 마하에게 에스코트받으며 데이트를 만끽했다.

가끔은 이렇게 여자 쪽에서 리드해 주는 것도 나쁘지 않았다.

마족과 싸우기 전에 약의 재료가 손에 들어와서 다행이다.

틀림없이 비장의 패가 된다.

그리고 추측이지만, 약을 쓴 상태로 【나를 따르는 기사들】을 깊이 사용하면 타르트와 디아에게 줄 스킬을 고를 수 있을 것 같았다.

투아하데에 돌아가면 바로 약을 조합하고 실험하자.

Episode12

제
12
화
──
암살자는
음모에
말려든다

The world's
best
assassin, to
reincarnate
in a different
world
aristocrat

무르테우에서 용건을 끝낸 우리는 마차를 타고 돌아가기로 했다.

올 때처럼 달려서 돌아가는 편이 훨씬 빠르지만 어떤 이유가 있었다.

"디아, 타르트, 귀족 사회에서 가장 무서운 게 뭐라고 생각해?"

"으음, 권력일까? 그리고 돈!"

"저도 같은 의견이에요. 귀족님은 저희를 인간으로 생각하지도 않아요. 아! 하지만 투아하데는 전혀 달라요."

권력과 돈은 확실히 귀족의 힘을 상징하는 요소다.

"틀렸어. 돈과 권력은 무섭지. 하지만 그걸 가진 것만으로는 무섭지 않아. 문제는 그걸 쓰는 동기야. 귀족의 행동 원리는 대체로 세 가지. 출세욕, 체면, 질투. 특히 세 번째가 가장 성가셔. 나머지는 어느 정도 조절할 수 있지만 질투만큼은 어떻게도 안 돼."

"……아! 무슨 말인지 알 것 같아."

타르트는 고개를 갸우뚱했지만, 디아는 대

귀족으로 자란 만큼 내가 하고자 하는 말을 잘 이해한 듯했다.

"귀족이란 생물은 질투에 사로잡히면 공격적으로 변해. 우선 질투에 사로잡힌 동료와 함께 험담하거나 헛소문을 퍼뜨리지. 그걸로 만족하지 못하면 함정에 빠뜨리려고 하거나…… 혹은 더 직접적인 수단을 써."

"저기, 직접적인 수단이란 건?"

"눈에 거슬리는 파리는 때려잡으면 된다는 거야. 특히 상대가 하급 귀족이면 「저딴 자식이」 하고 질투도 강해지는 데다가, 힘의 차이가 있어서 짓밟기 쉽고 행동에 옮기기 쉬워."

어느 세계에서든 모난 돌은 정을 맞는다.

귀족은 허영심으로 똘똘 뭉친 데다가 힘까지 가지고 있는 만큼 질이 나빴다.

다만 성기사로 뽑혔다고 질투받는 것은 조금 불합리하게 느껴졌다.

어쨌든 용사를 중앙에 붙잡아 두기 위해 준비된 희생양이니까.

"흐응, 굳이 마차로 돌아가며 이 타이밍에 그런 말을 한다는 건, 즉, 그런 거구나."

"용케 알았네. 오늘 아침부터 흉흉한 녀석들이 따라다니고 있어. 완전히 꼬리를 내놓지 않는 걸 보면 상당한 실력자야."

"그거, 그냥 감시 아니야?"

"아마 아닐 거야. 단순한 감시라면 살기를 흘리지 않아."

성기사에게 관심 있는 인간은 많다. 평소 같았으면 디아의 말대로 감시라고 봐야 했다.

하지만 암살자이기에 피부로 느끼고 말았다. 상대에게서 새어 나오는 살기를.

"저기, 그렇다면 어째서 어두운 시간에 마차로 도시를 떠난 건가요? 습격해 달라고 말하는 거나 마찬가지예요."

"습격해 달라고 말하는 거야. 이건 낚시야. 언제까지고 노려지는 건 기분 나쁘잖아. 그래서 공격하게 하는 거야. 반격하고 붙잡아서……의뢰인을 알아내야지."

발목 잡는 해충은 냉큼 밝혀내서 근본을 없애야 한다.

"하지만 그렇게 잘 풀릴까?"

"잘 풀릴지는 우리한테 달렸어. 다행히 공격해 올 건가 봐. 300미터 앞에 가도 양쪽으로 나무가 두 그루 있지? 그 사이를 잘 봐."

내가 말하자 두 사람이 투아하데의 눈에 마력을 모았다.

"아! 가느다란 실이 있어요."

"저런 곳에 돌진하면 말이 불쌍해."

와이어처럼 가늘고 질긴 실이 팽팽하게 설치되어 있었다.

이미 해는 저물어서, 우리가 아니라면 눈치채지 못하고 돌진하여 말의 다리가 걸려서 마차가 넘겨졌을 것이다.

"그런고로 저 함정에 돌진하자."

"루그가 무슨 생각하는지 알겠어. 함정을 피하면 공격해 오지 않을지도 모른다고 생각하는 거지?"

"정답이야. 잘 넘어지게 할 거야. 걱정하지 마. 말이 다치지 않는 방식으로 넘어지게 할 거니까."

"그건 별로 걱정 안 하거든?!"

이 말은 빌린 말이다. 못 쓰게 만들면 거액의 변상금이 발생한다.

……오르나를 소유한 내게는 대단치 않은 액수지만, 돈을 낭비할 생각은 없다.

잘 넘어뜨리기 위해 세심한 주의를 기울여 고삐를 조종했다.

"두 사람에게 주의 사항을 전할게. 습격자는 나를 죽이려고 하는 만큼 상당한 실력자야."

오크 마족이 습격했을 때의 활약은 허무맹랑한 이야기라고 생각하고 있겠지만, 학원 수석으로 입학하고 일대일로 기사단 부단장을 쓰러뜨린 것은 저쪽도 인식하고 있다.

어중간한 무리를 보내지는 않는다.

"응, 그렇겠지."

"그러니까 딱 좋은 연습이 될 거라고 생각해. 타르트와 디아에게 격퇴를 맡길게."

두 사람의 눈이 크게 뜨였다.

"뭐? 우리가 싸우는 거야?"

"잠시만요, 자신이 없어요."

"괜찮아. 쫓아오는 녀석들은 세 명이고 실력은 기사단의 부단장급. 이 정도 무리를 잘도 모았어. 흑막은 어떤 대귀족이겠지."

마력 보유자의 강함은 타고난 능력의 크기가 좌우한다.

그렇기에 귀족들은 강한 피를 계속 도입하여 흡사 서러브레드처럼 품종 개량을 이어왔다.

그렇게 강한 아이가 태어나고, 강한 아이는 부를 가져오고, 교육에 힘과 돈을 들일 수 있게 된다.

이 나라에서는 강함과 권력이 어느 정도 비례하는 경향이 있었다.

그런 강한 상대가 습격해 오는 건 좋은 상황이었다.

어쨌든 고귀한 피를 이었으니, 아무것도 모르는 버리는 말일 가능성은 지극히 낮다.

"전혀 괜찮게 안 들려!"

"괜찮다니까. 기껏해야 부단장급이야. 타르트도 디아도 그런 상대에게 고전하지 않을 만큼 강해졌어. 자, 넘어진다. 혀 깨물지 않게 조심해."

몇 초 후, 말의 다리에 실이 걸렸다.

상대가 위화감을 느끼지 않을 빠듯한 선까지 감속하고 말을 잘 조종하여 다치지 않게 하면서 짐칸과 말을 분리하여, 짐칸 쪽은 상대가 바라는 대로 옆으로 쓰러뜨렸다.

말은 히힝 울며 일어나서 도망쳤다.

좋아, 계획대로 됐다.

저쪽 눈에는 우리가 함정에 걸린 것처럼 보이리라.

그런 우리 쪽으로 거대한 불덩이가 날아왔다.

불 마법이었다. 이런 짐칸은 순식간에 태워 버릴 것이다.

……상대의 평가를 조금 상향 조정했다. 아마도 저건 분가가 아니라 본가다.

어릴 때부터 영재 교육을 받아야 이 정도 마법을 쓸 수 있다.

"아아, 정말! 위험해지면 제대로 도와줘야 해."

디아가 자포자기한 모습으로 외치자 짐칸을 감싸는 형태로 대지에서 흙벽이 우뚝 솟았다.

오리지널 땅 마법. 극한까지 술식을 간략화하여 약 2초 만에 벽을 만드는 실전에 적합한 마법이었다.

초고온 불덩이는 위력이 있어도 질량은 없다. 흙벽을 뚫지 못하고 흩어졌다. 역시 디아. 빠르고 정확한 마법 발동은 예술적이었다. 게다가 상황 판단 능력이 뛰어났다.

"그래, 멀리서 지켜보고 있을게. 안심하고 싸워 줘. ……그런고로 나는 먼저 갈게."

그렇게 말하자마자 땅 마법을 써서 지면을 파고, 습격자가 눈치채지 못하도록 마차에서 빠져나갔다.

내가 두 사람에게 습격자를 맡기는 건 훈련이기도 했지만, 나는 나대로 할 일이 있기 때문이었다. 습격자 세 명은 묘하게 숙련된 모습이었다.

이런 족속은 보이는 상대만이 전부가 아니다.

눈에 보이는 적은 디아와 타르트에게 맡기고 나는 그쪽을 친다.

◇

디아가 만든 흙벽이 무너짐과 동시에 디아와 타르트가 튀어나왔다.

세 습격자는 두 명이 앞에 나오고 한 명이 뒤에서 영창하고 있었다.

전위와 후위, 이상적인 역할 분담이었다.

이에 두 사람은 타르트가 앞으로, 디아가 뒤로 가며 비슷한 진형을 만들었다.

"【흙벽】."

조금 전에 불로부터 마차를 지킨 디아가 마법을 썼다.

디아를 에워싸듯 흙벽이 생겼다.

아까와 다르게 전방이 뚫려 있었다.

이건 원래 안전하게 영창하기 위해 디아가 개발한 마법이었다.

육탄전이 아니라 마법을 주로 써서 싸울 때는, 아무래도 영창 중에 마력으로 신체 능력을 강화할 수 없어서 무방비해진다는 약점이 있었다.

전위가 지켜 주더라도 후방, 측면, 얼마든지 사각지대가 생기고 위험성이 크다.

그렇기에 만든 마법이었다.

흙벽이 전방 이외의 모든 공격을 차단한다.

타르트가 뚫리지 않는 한 안전한 상황을 만들어서 영창에 전념할 수 있었다.

공격하기 위해 전방을 열어 둔 것은 타르트라면 뚫리지 않으리라는 신뢰를 의미했다.

그 타르트는…….

"강해요."

열세였다.

바람 갑옷을 두르는 마법을 마차 안에서 발동해 둔 덕분에 아슬 아슬하게 버티고 있지만 밀리고 있었다.

이유는 간단했다. 상대가 두 명이기 때문이다.

각각 실력 있는 검사인 데다가 타르트를 철저히 협공하는 위치를 잡으며 움직이고 있었다.

창의 이점은 긴 공격 범위지만 저렇게 협공당하면 그 이점을 살릴 수 없다. 어느 한 명은 간단히 거리를 좁혀 버린다.

습격자는 말없이 검을 휘둘러 타르트를 궁지로 몰았다.

타르트의 바람 갑옷은 방어 수단일 뿐만 아니라 바람을 임의의 방향으로 개방하여 가속 장치로도 이용할 수 있었다.

간격이 좁혀져도 저 마법 덕분에 피할 수 없는 검을 바람으로 받아넘기거나 바람을 타고 거리를 벌려 재정비할 수 있었다.

하지만 그리 오래가지는 못할 것이다.

바람 갑옷은 강력하지만 효과 시간이 별로 길지 않다.

그리고 타르트의 마법 영창 기술로는 전투 중에 바람 갑옷을 재발동할 수 없다.

타르트가 쓰러지는 것은 시간문제로 보였다.

그때 한층 더 추격타가 가해졌다.

후방에서 영창하던 세 번째 습격자의 마법이 완성됐다.

……맨 처음 쐈던 불덩이. 아마도 저것이 그가 날릴 수 있는 최대 화력의 마법이겠지만 평범했다.

"그 정도 마법이라면 경계할 필요는 없었네."

날아오는 불덩이를 디아의 마법이 꿰뚫었다.

똑같은 불 마법. 하지만 디아의 마법은 화염창이라고 해야 했다. 위력이 너무 달랐다.

화염창은 불덩이를 꿰뚫고 그대로 후방에 있던 술자도 꿰뚫었다.

디아의 오리지널 마법 【화염창】. 불 마법의 약점인 관통력을 획득한 데다가 유도까지 가능했다.

디아는 적이 마법으로 타르트를 노리고 있음을 알아차리고 상대가 어떤 마법을 써도 요격할 수 있게 준비한 것이다.

그리고 후위를 쓰러뜨린 이상, 마법에 대비할 필요가 없어서 공격에 참가할 수 있다.

그걸 알기에 습격자도 필사적이었다. 디아의 마법이 얼마나 위협적인지 그들은 알아차렸다.

타이밍 나쁘게도 타르트의 바람 갑옷이 풀려 사라졌다. 효과 시간의 한계다.

습격자 중 한 명이 간격을 좁혀 검의 공격 범위에 들어왔다. 심지어 타르트는 다른 한 명에게 정신이 팔려서 반응이 한 박자 늦었다.

습격자가 미소지으며 검을 치켜들었다.

창은 적이 바싹 접근하면 약하다.

이 거리, 이 타이밍, 적이 승리를 확신하기에는 충분했다.

다만 그는 착각하고 있었다.

타르트는 창을 쓰지만 창술사는 아니었다.

총성이 세 발 울렸다.

타르트가 창을 버리고 오른쪽 허벅지에 감은 홀스터에서 총을 뽑아 연사한 것이다.

권총이라면 검의 공격 범위보다 더 안쪽에서 공격할 수 있다.

매그넘탄의 두 배나 되는 위력을 자랑하는 탄환은 마력으로 강화된 육체조차 뚫는다. 그게 가능하도록 설계했다.

……타르트는 지시를 잘 지켰다.

저 단총신에 저 정도 위력을 주면 정밀 사격은 불가능하다.

그래서 저 총은 근거리에서 쓰고, 급소가 아니라 몸의 중심을 노리며, 맞았는지 안 맞았는지 알 수 없어도 3연사하라고 가르쳤다.

타르트는 그걸 지켰다.

몸의 중심을 노리면 다소 빗나가도 몸 어딘가에 맞는다. 3연사하는 것은 확실하게 죽이기 위해서다.

실제로 습격자는 오른쪽 어깨 밑부분과 왼쪽 무릎 밑부분이 날아갔고 배에 커다란 구멍이 뚫려 있었다.

몸의 중심에서 저렇게나 벗어났다. 만약 급소인 머리를 노렸다면 탄환은 빗나갔을 것이다.

그리고 만약 한 발만 쐈다면 죽이지 못했다.

몸의 중심을 노리고 3연사하는 것은 사격의 정석이었다.

"루그 님의 총이 저를 지켜 줬어요……. 앞으로 한 명!"

남은 한 명에게 타르트가 총을 겨눴다.

그 한 명은 후퇴를 택했다.

현명한 선택이었다. 셋이 덤벼서 타르트와 디아에게 상처 하나

입히지 못한 이상, 혼자서 이길 수 있을 리 없다.

하지만 안타깝게도 두 사람은 도망을 허락할 만큼 멍청하지 않았다.

총성이 한 발 울렸다.

타르트의 권총에 비해 새된 총성.

라이플탄이 습격자의 발을 뚫어서 고꾸라지게 했다.

"저격은 꽤 자신 있어."

디아의 【총격】이었다.

근거리를 상정한 타르트의 권총과 달리 마법으로 만들어 낸 라이플을 쓰는 원거리 정밀 사격.

디아가 어릴 때부터 익히 쓰던 마법이다.

심지어 디아는 명중 정확도를 높이는 마법을 병용하므로 300미터 이내라면 몇 센티미터 오차 이내로 저격할 수 있었다.

디아 수준의 정확도라면 급소를 노려서 한 발만 쏴도 문제없다.

……두 사람 다 성장했다.

내 예상대로 습격자 세 사람은 기사단 부단장에 필적하는 실력자였다. 그런 세 사람을 상대로 고전하지 않았다.

"타르트, 서둘러 구속해 줘. 이제 그 녀석밖에 없으니까."

"네! 바로 할게요!"

처음 처리한 두 사람은 즉시 죽이지 않으면 위험했기에 무력화할 여유가 없었다.

그러나 마지막 한 명은 정보를 캐내기 위해 죽이지 않았다. 그래서 디아는 심장이 아니라 발을 노린 것이다.

이기기 급급한 줄 알았더니 거기까지 신경 쓸 줄이야.

나중에 칭찬해 줘야겠다.

◇

두 사람의 승리를 지켜보고서 나는 내 일을 했다.

팀으로 암살할 때는 일종의 철칙이 있다.

실행 부대의 후방에 관찰자를 배치하는 것이다.

관찰자는 실행 부대가 암살에 실패할 경우 아군을 회수한 뒤 증거를 인멸하고, 그게 불가능하더라도 정보를 가지고 돌아가는 역할이었다.

상대는 팀을 이뤄 조직적으로 움직였으며 솜씨가 좋았고 숙련된 모습이었다. 그렇기에 관찰자가 있으리라고 보았다.

······그리고 그런 존재를 간과할 수는 없다. 총과 오리지널 마법은 이쪽의 중요한 카드다. 그 정보를 가지고 돌아가게 할 수는 없다.

내가 두 사람과 따로 행동한 것은 관찰자를 찾기 위해서였다.

관찰자를 찾느라 고생할 줄 알았는데, 세 번째 습격자가 실수해 준 덕분에 금방 찾았다.

도망칠 때, 관찰자가 숨어 있는 곳으로 도움을 청하는 시선을 보낸 것이다.

나는 관찰자의 사각지대에서 다가가 급소를 비켜 단검을 투척했다. 단검은 노린 대로 옆구리에 꽂혔다.

"큭."

관찰자가 비명을 참고 억눌린 소리를 냈다.

코끼리도 움직이지 못하게 만드는 신경독을 발랐다. 목 아래로는 손가락 하나 까딱하지 못할 것이다.

"안심해, 죽이지는 않을 거야."

뒤에서 말을 걸었다.

관찰자는 여성인 듯했다. 몸매가 호리호리했으나 몸에 두른 마력은 디아와 엇비슷했다. 즉, 인류로서는 최고봉.

……조금 놀랐다. 이 녀석과 비교하면 습격자 세 명은 크게 뒤떨어진다.

이만한 힘을 가진 자가 왜 지저분한 일을 하고 있지?

"몇 가지 물어보고 싶은 게 있어. 솔직히 말한다면 나쁜 짓은 안 할 거야. 하지만 이쪽의 질문에 답하지 않는다면 강제적인 수단을 쓰겠어."

이 습격은 이해할 수 없는 점이 많았다.

무르테우에는 몰래 왔다. 그것도 직접 뛰어서 왔기에 정보가 새기 어렵다.

그런데 어떻게 이 도시에서 우리를 찾을 수 있었지?

그리고 질투해서 노렸더라도, 이 정도 정예를 쓸 수 있는 대귀족이 너무 생각이 짧은 것 아닌가?

무슨 수를 써서라도 이 여자에게서 알아낸다.

"그럼 첫 번째 질문이야."

그렇게 말했을 때였다.

여자의 표피가 찢어지더니 안쪽에서 왕뱀이 기어 나와 이빨을 드러냈다.

이 녀석은 인간이 아니라 인간으로 둔갑한 왕뱀 마물이었나?!

"칫."

혀를 차면서 아슬아슬하게 피하고 품에서 단검을 뽑아 꽂았다.

하지만 뱀은 배가 찢어져 피를 흘리면서도 그대로 엇갈려 도망쳤다.

"미나 님, 전해야 해. 이 녀석 위험, 위험."

엇갈리는 순간, 뱀의 목소리가 들렸다.

갑자기 현기증이 나서 무릎을 꿇었다.

녀석의 피를 맞은 탓이다.

피에 맹독이 들어 있었다. 어릴 때부터 웬만한 독에 대응할 수 있도록 항체를 만든 내 몸의 자유를 뺏을 정도의 맹독이었다.

몸이 덜덜 떨렸지만 【두루미 혁낭】에서 총을 꺼냈다.

그리고 뿌연 시야에 의존하지 않고 바람 마법으로 녀석을 감지하여 조준을 맞추고, 떨리는 손이 아니라 자기장 조작 마법으로 총을 겨눴다.

'죽일 수밖에 없어.'

정보를 입수하기 위해 생포하고 싶지만, 상대는 뱀이다.

머리 이외의 어디를 뚫든 간에 압도적인 생명력으로 도망칠 것이다.

최우선 사항은 정보를 가지고 돌아가지 못하게 하는 것.

그렇다면 머리를 노릴 수밖에 없다. 생포하려다가 실패하면 끝이다.

"【총격】."

탄환이 토출되어 왕뱀의 머리를 꿰뚫었다.

나는 비틀거리며 나무에 기댔다.

수중의 물로 독을 씻고 마력을 높여 자기 치유력과 면역력을 강화.

이 정도 독에 당한 것은 처음이었다. 【초회복】을 최대한 활용해도 회복하는 데 10분 정도는 걸릴 것이다.

터무니없이 강력한 마물이었다. 평범한 마물일 리가 없다.

……주위에 흩뿌려진 뱀의 피를 챙겨서 돌아가야겠다.

용도는 많다. 좋은 기념품이 되리라.

◇

딱 10분 정도 쉬고 나서 타르트와 디아 곁으로 돌아갔다.

타르트와 디아는 유일하게 생포한 습격자 앞에서 복잡한 표정을 짓고 있었다.

"아! 루그, 왜 이렇게 늦게 와."

"미안. 생각보다 애먹어서. 둘 다 잘했어. 상대를 생포하다니 훌륭한 성과야."

붙잡힌 남자를 보았다.

밧줄로 묶였고 지혈되어 있었다.

……아니, 이건.

"왜 죽어 있어?"

디아의 【총격】으로 중상을 입었지만 바로 지혈하면 살아났을 터다.

"죄송해요! 바로 치료했는데 죽어 버렸어요. 모처럼 잡은 정보원이었는데."

타르트가 머리를 푹 숙였다.

나는 시체를 검사했다.

"사과하지 않아도 돼. 사인은 독이야. ……실패해서 적에게 붙잡히면 자살할 생각이었겠지."

그리고 두 사람에게는 말하지 않을 거지만 더욱 신경 쓰이는 점이 있었다.

이 독, 왕뱀 마물의 독과 성분이 똑같았다. 역시 그 마물과 이 녀석들은 연결되어 있었다.

심지어 붙잡혀서 자살한 것이 아니었다.

변질시켜서 지효성으로 만든 독을 먹은 거였다.

어떤 예측하지 못한 일이 벌어져도 이 녀석들의 죽음은 습격 전부터 정해져 있었다.

완전한 일회용.

"잠깐만, 그건 이상해! 이 사람 귀족이야. 그것도 꽤 좋은 집안의. 귀족이 그렇게까지 한다는 얘기는 들은 적이 없어."

디아가 놀라는 것도 이해가 갔다.

그 마력량, 평범한 집안이 아니다.

그리고 이 녀석이 입고 있는 갑옷에 새겨진 가문은 아우라이나 백작가의 문장이었다.

투아하데와는 비교도 안 되는 대귀족.

그곳과 관련된 자가 독을 먹고 죽는 것이 전제인 임무에 쓰이다니, 대체 뭐가 어떻게 된 거지.

"……이 갑옷과 가문은 아우라이나 백작가 거야. 그리고 이 얼굴, 알고 있어. 아우라이나 백작 본인이야. 왜 그가 이런 짓을."

"백작가 당주가 이런 짓을 벌였다고?! 바보네. 자살하면서까지 정보를 숨기려고 했으면서 이렇게 가문이 찍힌 갑옷을 입고 오다니. 전혀 숨기지 못했잖아."

맞는 말이다.

이번에는 아우라이나 백작의 얼굴을 알고 있었기에 특별히 필요 없는 정보였지만 너무 허술했다.

본래 어디서 보낸 자객인지는 가장 숨기고 싶은 정보다.

아니, 잠깐만. 그 전제가 틀렸다면…….

"가문의 진퇴보다 훨씬 중요한 정보가 있어서 그걸 숨기고 싶었던 걸지도 몰라."

"설마 그건 아니겠지. 귀족한테 가문보다 중요한 건 없어."

보통은 그렇다.

하지만 이 습격은 보통이 아니다.

백작가 당주가 쓰고 버리는 말이었다는 것, 마물과 협력하고 있었다는 것, 우리가 무르테우에 있음을 알고 있었다는 것, 처음부터 끝까지 이상하다.

거기까지 생각했을 때, 한 가지 가정이 머릿속에 떠올랐다.

······진짜 흑막을 숨기고 싶은 게 아닐까? 아우라이나 백작이 수족이라면 그렇게 생각하는 게 자연스럽다.

이를테면 귀족 사회의 중추에 마족이 숨어 있고, 아우라이나 백작을 비롯한 몇몇 귀족을 조종하고 있는 것이다. 내가 싸웠던 마물은 조종한 귀족을 감시하는 요원이고.

그렇게 생각하면 앞뒤가 맞는다.

본래 암살팀에서 가장 지위가 높은 자가 관찰자 역할을 한다. 그 관찰자가 마물이었다.

내 동향을 파악하고 있던 것도 귀족 사회의 중추를 맡고 있어서가 아닐까?

귀족의 질투로 인한 습격이라고 생각했지만, 사실은 나를 위험시한 마족이 제거하려고 한 것이 아닐까?

만약 이 가설이 옳다면 엄청난 일이다.

"디아, 타르트. 마족이 인간의 거죽을 뒤집어쓰고 귀족 사회, 그것도 중추에 들어가서 귀족들을 조종하고 있다면 이 나라는 어떻게 될 것 같아?"

"그게 뭐야. 있을 수 없는 일이야."

"하지만 만약 그렇다면, 알반 왕국은 끝이에요."

있을 수 없는 일.

나도 그렇게 생각하고 싶다.

하지만 상황이 여의치 않았다. 아까 내가 죽인 왕뱀 마물, 그 녀석이 인간의 거죽을 찢고 나오던 모습이 떠올랐다.

"……후우, 아무튼 돌아가자. 낚시는 실패야. 디아, 증거가 안 남게 시체는 전부 재로 만들어 줘."

"괜찮겠어? 아우라이나 백작가가 습격했다는 증거가 될 거야. 배상금을 뜯어낼 수 있을 텐데."

"그랬다가 긁어 부스럼이 되는 게 더 무서워. 이번 일은 없었던 일로 하자."

"그럼 태울게."

디아가 시체 태우는 모습을 지켜보며 앞으로는 중앙을 더 경계하자고 결심했다.

경계할 뿐만 아니라 오르나의 정보망을 이용해 조사할 것이다.

……만약 마족이 내부에 들어와 있다는 게 확정되면 무엇보다 우선적으로 암살해야 한다.

내 나라에서 제멋대로 군 응보를 반드시 받게 하리라.

이 나라의 병을 제거하는 것, 그게 바로 투아하데의 숙원이니까.

Episode13

제
13
화
─
암
살
자
는
개
발
한
다

The world's
best
assassin, to
reincarnate
in a different
world
aristocrat

목적했던 물건을 마하에게 받아 투아하데로 돌아왔다.

그리고 며칠에 걸쳐 공방에서 약을 조합했다.

이 약은 거의 마약이라 몸에 악영향을 주고 의존성도 컸다.

하지만 짧은 시간 동안 초인적인 집중력이 손에 들어온다.

세계의 움직임이 느리게 보일 정도의 집중력이.

예전에 내가 살던 세계에서 육상 선수들이 도핑에 썼던 약을 모델로 했다.

마력조차 영양분으로 삼아 자란 소재를 중핵으로 써서 원래 세계에 있던 약보다도 흉악했다.

"이런 약에 별로 의존하고 싶지는 않지만."

일시적인 힘이고 임시방편에 불과하다.

게다가 자신의 몸을 상하게 한다.

하지만 이렇게라도 하지 않으면 도달할 수 없는 영역이 있다.

마하가 손에 넣은 버섯은 이국의 부족이 신내림을 받기 위해 쓰는 만큼 무시무시한 도취

감이 있었다.

그 약효를 극한까지 높이기 위해 가공하고 몇 가지 재료를 더했다.

그렇게 완성된 액체를 주사기에 넣었다.

경구 섭취로는 효과가 부족하기에 이렇게 한다.

"나한테 쓰는 건 처음이지만 문제없겠지."

투아하데의 지하 감옥에 있는 사형수들을 이용해 이미 안전성은 확인했다.

목에 주사기를 대고 약액을 주입했다.

머리가 묘하게 냉정해지며 시야가 넓어지더니 이윽고 주위의 움직임이 느릿해졌다.

기분 좋은 세계.

전지전능한 느낌마저 들었다.

시험 삼아 스킬을 하나 써 보았다. 【나를 따르는 기사들】로 얻은 스킬 중 하나.

S랭크 스킬, 【다중 영창】.

여러 마법을 동시에 영창할 수 있는 마법이다.

매우 유용하지만 S랭크치고는 수수했다.

하지만 지금이라면 이 스킬을 더 깊이 이해할 수 있다.

그냥 쓰는 게 아니라 이해하고 파고들어서 진화시키는 것이다.

그 결과…… 【다중 영창】은 새로운 측면을 보여 줬다. 목소리를 내지 않는 영창을 고속으로 실행할 수 있게 됐다.

【다중 영창】은 입이 두 개가 되는 것이 아니라 마력으로 영창하

는 것이다. 유사체가 영창하기에, 평범한 영창과 달리 발음할 수 있는 한계 속도에 구애되지 않고 가속시킬 수 있었다.

그리하여 【고속 영창】이 가능해졌다.

다중 영창보다도 【고속 영창】이 유용할 때가 많다.

"이것이 스킬의 심오."

【다중 영창】 안쪽에는 이런 것이 숨어 있었다.

다른 스킬에도 숨은 측면이 있다.

그것들을 생각만 해도 가슴이 설렜다.

그리고 지금 가장 관심 있는 것은 역시…….

"【나를 따르는 기사들】이지. 타르트와 디아의 강화가 최우선이야."

타르트와 디아는 강하다.

이 나라의 기사와 비교해도 뒤처지지 않을 만큼.

하지만 인간의 틀을 완전히 초월한 상대 앞에서는 무력하다.

기초 스펙을 끌어올릴 필요가 있었다.

그러기 위해 【나를 따르는 기사들】을 쓰고 싶었다.

"……웃, 약발이 떨어졌나. 오늘은 여기까지네."

지독한 메스꺼움과 권태감. 몸이 납처럼 무거웠다.

아무래도 주입한 약의 효과가 다한 듯했다.

시계를 보았다. 효과 시간은 13분 20초. 하나의 기준으로 기억해두자. 이 약을 써야만 하는 극한의 전투에서 갑자기 효과가 끝나면 죽음을 초래한다.

"약의 부작용인 권태감은 1분도 되지 않아 사라지지만, 연속 사용은 금물이야."

【초회복】의 효과로 컨디션이 돌아왔다.

권태감은 금방 사라져도 【초회복】은 어디까지나 회복력 강화라서, 시간을 들여 고칠 수 없는 것에는 무력했다.

또 다른 부작용인 의존증 대책은 될 수 없었다.

약의 의존증은 강렬한 쾌락이 뇌에 새겨져서 일어나는 것으로 치료는 안 된다.

뇌가 쾌락에 익숙해지지 않도록 하려면 시간을 둘 수밖에 없다.

이 약에 의존해 버리면 빠져나올 수 없다.

게다가 연속으로 사용하면 내성이 생겨서 약효가 떨어지고 효과시간도 줄어든다.

신중하게 운용해야 했다.

"하루에 써도 되는 개수는 하나인가."

가능하다면 한 번 사용할 시 사흘은 간격을 두고 싶다.

바로 다른 스킬을 실험하고 싶지만 꾹 참았다.

그러지 않으면 순식간에 나라는 인격이 무너질 것이다.

그런 의미에서도 이 녀석은 비장의 패다.

경솔하게 쓰지 않도록 주의하자.

아무튼 스킬의 심오에 도달할 수 있다는 것은 시험했다.

그렇다면 다음은 드디어 그걸 하자.

◇

의존증에 걸리지 않도록 이틀 후에 타르트와 디아를 정원으로 불러냈다.

다음에 약물을 쓸 때 시험할 스킬은 진작에 정해져 있었고, 그걸 위해 부른 것이었다.

"오늘은 두 사람에게 힘을 줄 거야. 용사에게서 얻은 스킬, 【나를 따르는 기사들】을 쓸 거야. 이건 자신의 힘과 스킬을 상대에게 빌려주는 힘이야."

"저기, 빌려준다는 건 루그 님이 약해진다는 건가요?"

"아니, 그렇지 않아. 복사해서 주는 거라 내 강함은 변함없어. 그러니까 걱정 안 해도 돼."

그렇기에 S랭크 스킬이다.

1억 명 중의 한 명이 가지며, 가지고 있기만 해도 영웅이라고 불리는 랭크.

"조금 기대된다. 루그랑 에포나는 이미 완전히 인간을 그만뒀잖아. 지금껏 전혀 따라잡을 엄두가 안 났어."

"맞아요. 열심히 따라잡으려고 했지만 너무나도 멀고멀어서…… 하지만 그 스킬이 있으면 확실하게 루그 님의 힘이 될 수 있어요!"

둘 다 기대 어린 눈으로 나를 보았다.

"다만 이 스킬에는 결점이 있어. 소중한 것이 걸린 싸움에서 지거나 내 명령에 거역하면 기사 자격을 잃고 스킬이 무효가 돼. ……

167

그러니까 각오해. 앞으로 너희는 질 수 없어."

"윽, 앞부분은 자신이 없어요."

"가장 좋은 건 그런 싸움을 안 하는 거지만, 피할 수 없을 때는 피할 수 없어. 그때는 마음을 굳게 먹을 수밖에."

"걱정 안 해도 돼. 본업을 할 때는 문제없는걸. 암살이라면 전투 따위 안 벌어져."

"확실히 그렇지."

우리는 기사가 아니라 암살자다. 존재를 들키지 않고 그저 죽인다.

전투가 벌어진 시점에 절반은 실패한 것이다.

"오히려 나는 뒷부분이 신경 쓰여. 루그의 명령에 거역할 수 없다니. 야한 명령을 내리는 거 아니야? 루그도 남자잖아."

"하으, 그럴 수가. 조금 기쁘지만, 마음의 준비가."

"그럴 리가 없잖아."

명령할 것 없이 부탁하면 된다.

그만큼 사랑받고 있다는 자각은 있다.

"크흠! 그럼 스킬 쓴다."

"저기, 조금 더 강해진 다음에 하면 안 될까요? 누구에게도 지지 않을 만큼 강해지면 안심할 수 있어요."

"그렇게 따지다 보면 스킬을 쓸 순간은 영영 안 와. 걱정하지 마. 타르트는 이미 충분히 강해."

타르트는 재능을 타고난 것이 아니다.

솔직하고, 노력가고, 많은 훈련을 쌓아서 강해졌다.

그 사실을 자랑스럽게 여겨도 좋다.

"나는 어때?"

"디아도 마법전이라면 거의 무적이야. 내가 보증해."

디아 이상의 마법사를 나는 모른다.

순수한 기술로는 나보다 뛰어나니까.

"그럼 나부터 하면 안 돼? 눈은 타르트가 먼저 받았으니까."

"알겠어. 힘을 쓸게."

주사기를 이용해서 요전번에 만든 약액을 목에 주입했다.

나는 이 약에 이런 이름을 붙였다.【디안케트】.

약발이 돌자 머리가 냉정해지고 정신이 또렷해졌다.

"【나를 따르는 기사들】."

힘을 발동했다.

본래 이 힘은 먼저 힘을 주고 이어서 스킬을 랜덤으로 준다.

하지만 지금의 나라면…… 스킬의 심오에 들어선 나라면 다른 일을 할 수 있다.

알 수 있었다. 인식할 수 있었다.

내게서 디아에게 흘러드는 것을.

흐름을 인식한 지금이라면 그 흐름을 조작할 수 있다.

원하는 흐름으로. 디아에게 주고 싶은 것을 준다.

내 스킬과 에포나에게 받은 스킬, 그중에서 적절한 것을 선택했다.

그 스킬들과 디아의 재능이 하나가 되었을 때, 디아는 이 세계에서 비할 자가 없는 마법사로 각성할 터다.

그 모습을 상상하며 나는 힘을 계속 방출했다.

Episode14

제
14
화
—
암
살
자
는
매
료
된
다

The world's
best
assassin, to
reincarnate
in a different
world
aristocrat

디아에게 내 힘이 흘러들었다.

드디어 스킬을 줄 단계가 되었다.

우선은 【초회복】과 【성장 한계 돌파】를 줬다.

내가 맨 처음 고른 S랭크 스킬과 B랭크 스킬이었다.

이게 있으면 초인의 영역에 발을 들일 수 있다.

특히 마력량을 올릴 수 있다는 것이 큰 이점이었다.

디아가 내 수준의 마력량을 손에 넣으면 얼마나 든든할지.

소비 마력이 너무 커서 쓰지 못했던 마법도 쓸 수 있고 계전(繼戰) 능력도 크게 향상된다.

줄 수 있는 스킬은 앞으로 두 개.

하나는 【다중 영창】을 골랐다. 사용할 수 있는 패가 늘어나는 것은 전투에서 큰 어드밴티지가 된다. 스킬의 심오에 들어서면 쓸 수 있는 【고속 영창】도 유용했다.

마지막 하나는 【가능성의 알】.

본인의 걸어온 길, 인격, 경험에 따라 S~B랭크 스킬 중에 하나로 변화하는 스킬이다.

분명 디아에게 도움이 될 것이다.

【가능성의 알】을 주자 디아의 그릇이 꽉 찼음을 알 수 있었다. 이 이상은 받아들여 주지 않는다.

스킬 대여가 종료됐다.

디아가 자신의 몸을 껴안으며 주저앉았다.

"굉장해. 뜨거운 게 잔뜩 흘러 들어와. 루그의 체온이 내 안에 있어."

뺨을 붉히고서 뜨거운 숨을 내쉬었다.

어딘가 선정적인 느낌조차 들었다.

"이로써 디아는 내 기사가 됐어. 새롭게 【초회복】【성장 한계 돌파】【다중 영창】【가능성의 알】을 얻었어. 이건 축하 선물이야."

"으음, 이게 뭘까?"

"팔석 더미인데."

"보면 알아!"

내가 건넨 것은 가방을 꽉 채운 팔석이었다.

"내 마력량의 비밀이 이거야. 디아에게 【초회복】과 【성장 한계 돌파】를 줬으니까 마력을 쓰면 쓸수록 마력량과 마력 방출량도 늘어날 거고, 마력이 일반인보다 100배는 빠르게 회복하니까 금방 마력을 또 쓸 수 있어. 앞으로는 그 가방을 늘 가지고 다니면서 마력을 팔석에 담아."

"……루그는 그런 일을 하고 있었구나."

"그래. 어릴 때부터 줄곧 하고 있어. 익숙해지면 잘 때도 마력을 담을 수 있어. 한 번은 잠에 취해서 임계점을 넘은 팔석에 마력을 계속 담다가 하마터면 실내에서 폭파시켜 죽을 뻔한 적도 있어."

"무서워!"

무의식이란 것은 무섭다. 임계점에서 멈추고 다음 돌에 마력을 담아야 하는데 잠에 취해서 폭파하는 수준까지 마력을 담았고, 폭발 징조인 이명 때문에 깨어났다.

즉시 창밖으로 던지지 않았다면 침실은 물론이고 저택이 통째로 날아갔을 것이다.

"한 번 그런 일이 있었기에 대책을 세웠어. 잘 때는 이게 좋아."

마력에 따라 수납력이 늘어나는 【두루미 혁낭】에서 비장의 돌을 꺼냈다.

"이거, 혹시 팔석이야?! 루그보다 커다란데."

"맞아. 팔석을 마법으로 만들게 됐잖아? 그걸 개량한 거야. 크기를 키우고 부피당 마력 수납량도 두 배로 만들었어. 자면서 마력을 계속 담아도 임계에 도달하지 않아. 안심하고 자면서 마력을 담을 수 있어."

개발하는 데 꽤 난항을 겪어서 얼마 전에야 완성했다. 이게 생긴 덕분에 잘 때 마력을 헛되이 버리지 않게 됐다.

"있지, 내가 루그의 스승으로 왔을 때, 평범한 팔석으로 저택을 날릴 뻔했었지?"

"그랬지."

"그것보다 수십 배 크고 마력 수납 밀도가 두 배라니, 폭발하면 어떻게 돼?"

"글쎄? 무서워서 실험을 못 했어. 어쩌면 저택은 물론이고 영지가 날아갈지도 몰라. 시간이 나면 무인도에라도 가서 실험해 보고 올게."

예전에 신창 【궁니르】를 실험하기 위해 구입한 무인도, 그곳이 좋겠다.

효과 범위가 너무 넓어서 마을 근처에서는 제대로 쓸 수 없다.

"그런 게 옆에 있으면 무서워서 못 자!"

디아가 꽤나 진심으로 화냈다.

확실히 위험하긴 했다.

나도 조심해야겠어.

"아무튼 짬이 나면 마력을 돌에 담아 줘."

"응, 그건 맡겨 줘."

말이 끝나기가 무섭게 바로 마력을 담기 시작했다.

새로 얻은 힘을 시험해 보고 싶을 것이다.

"굉장하다. 쓰자마자 마력이 회복돼. 열심히 마력을 써서 【포격】 정도는 쓸 수 있게 마력을 단련해야겠어. 【다중 영창】도 나중에 시험해 볼게. 개인적으로는 【다중 영창】보다 【식을 짜는 자】를 가지고 싶었지만."

"그건 내가 적으면 되지."

【가능성의 알】이냐 【식을 짜는 자】냐. 어느 쪽을 줄지 고민했지만, 내가 있으면 어떻게든 되기에 【가능성의 알】을 우선했다.

"그런고로 디아는 끝이야. 다음은 타르트, 이리 와."

"앗, 네. 긴장되네요."

"걱정하지 마. 상냥하게 할 테니까."

"잘 부탁드립니다!"

타르트가 표정을 굳히고 내 손을 꽉 잡았다.

디아와 똑같은 요령으로 타르트도 내 기사로 임명했다.

"하아, 하아, 루그 님~ 더는, 무리예여."

"괜찮아. 이제 끝났어."

타르트는 디아보다 더 흐트러진 모습으로 눈물을 글썽거렸다.

몸이 이완되어 서 있을 수 없는지 내게 기댔기에 안아 줬다.

타르트의 몸은 심상치 않게 뜨거워져 있었다.

타르트에게는 【초회복】과 【성장 한계 돌파】, 거기에 더해 S랭크 스킬인 【야수화】와 【가능성의 알】을 줬다.

【야수화】도 용사 에포나에게 받은 스킬이다.

발동하면 반수(半獸)가 되어 압도적인 파워와 스피드를 얻는 스킬로, 근접형에게는 이상적인 S랭크 스킬이었다.

타르트의 전투 스타일에 가장 잘 맞았다.

"타르트에게는 【초회복】과 【성장 한계 돌파】, 【야수화】와 【가능성의 알】을 줬어. 타르트도 디아와 마찬가지로 돌에 마력을 담는 습관을 들이도록 해."

"네. 【야수화】라니, 뭔가 무서운 느낌이 들어요."

"무섭지만 강한 스킬이야. 시험 삼아 써 봐. 이제 몸에 힘이 들어가지?"

"앗, 네, 죄송해요. 경망스럽게 굴었네요."

타르트가 허둥지둥 내게서 떨어졌다.

너무 허둥대느라 넘어져서 엉덩방아를 찧었다.

그런 타르트를 일으켜 세웠다.

"【야수화】를 어떻게 쓰는지는 알겠어?"

"앗, 네, 사용법은 대충 알 것 같아요. 에잇!"

귀여운 구호와 함께 타르트가 스킬을 썼다.

스킬의 힘으로 타르트가 야수로 변한다.

그래야 했는데.

이건…… 여러 가지 의미에서 굉장했다.

타르트의 모습을 보고 디아가 폭소했다.

"아하, 아하하하. 타르트, 그게 뭐야. 나는 야수화라길래 좀 더 「크앙~」하는 느낌일 줄 알았어."

"일단 【야수화】이긴 하지."

"저, 저기 어떻게 됐나요? 엉덩이가 조금 무거워요. 그리고 머리도."

【두루미 혁낭】에서 거울을 꺼내 타르트에게 건네자 타르트가 얼굴을 붉히고 파르르 떨며 울상을 지었다.

"엇, 이거, 뭔가 잘못되지 않았나요?!"

"아니, 매우 잘 어울려."

"아주 귀여워."

원래는 근육이 팽창하고, 송곳니가 커지며, 모델이 된 짐승의 특징을 반영하여 전신이 모피에 덮인다.

하지만 타르트는…….

"여우 귀와 꼬리가 났을 뿐이잖아요!"

그랬다. 끄트머리가 까만 연갈색 귀와 끄트머리가 하얀 풍성한 연갈색 꼬리가 나 있을 뿐이었다.

매우 사랑스러웠다.

복슬복슬한 커다란 꼬리 때문에 속옷이 흘러내리고 치마가 성대하게 뒤집혔지만 본인은 그걸 알아차릴 여유도 없는 듯했다.

……나중에 여우 꼬리에 대응한 옷을 만들자.

내가 보는 건 괜찮지만 나 말고 다른 사람이 보는 건 싫다.

"나는 매우 귀엽다고 생각해. 아주 잘 어울리고."

"으으으, 복잡한 심경이에요."

"【야수화】는 성공한 것 같고, 힘을 시험해 보는 게 어때?"

"해 볼게요. 귀가 아주 잘 들려요. 그리고 기척에 민감해졌고, 후각도 아주 예민해요."

"여우의 특징이네. 이번엔 가볍게 점프해 봐."

"네!"

타르트가 뛰었다. 단숨에 몇 미터를.

"흐아, 흐아아아아, 가볍게 뛰었는데 왜 이렇게나 높이."

허둥거리면서도 확실하게 착지했다. 착지할 때 소리가 거의 나지 않았다. 관절의 부드러움과 탄력, 충격을 완화하는 방식이 짐승의 그것이었다.

신체 능력도 대폭으로 향상됐다.

여우의 도약력과 유연성은 무시무시해서 이렇게 된 것이다.

아마 지구력과 속도도 크게 향상됐으리라.

야수화는 모티프가 된 짐승에 따라 효과가 달라진다.

여우는 완력이 없는 만큼 속도, 다릿심, 도약력, 유연성, 청각, 후각, 기척 감지 능력이 향상되는 듯했다.

타르트의 전투 스타일과도 상성이 좋다.

……외양도 매우 귀여워서 좋았다. 나중에 꼬리 만지게 해 달라고 부탁하자.

"이로써 두 사람은 내 기사야. 앞으로 잘 부탁해."

"응, 맡겨 줘."

"이 모습은 조금 부끄럽지만, 힘낼게요."

안 그래도 믿음직한 두 사람이 더 강해졌다.

【다중 영창】으로 후방에서 강력하게 지원하는 디아.

【야수화】로 인한 초인적인 속도를 살린 근접전으로 다른 이의 접근을 막는 타르트.

현시점에도 대폭적인 파워업이지만, 앞으로 마력량이 점점 오르고 【가능성의 알】이 부화하면 더욱 강해진다.

마족과의 싸움에서 마족을 죽이기 위한 필드를 내가 전개하고 두 사람이 싸우는 방식도 쓸 수 있을 것 같다.

나도 질 수 없지.

나 자신도 【가능성의 알】을 부화시켜서 한층 더한 힘을 익히자.

"웃?!"

강렬한 시선을 느끼고 돌아보니 타르트가 나를 보고 있었다.

분명 육식 동물의 기운을 느꼈다.

"왜 그러세요?"

"아니, 아무것도 아니야."

방금 말을 걸어온 타르트는 평상시와 똑같았다. 아니, 다르다. 미묘하게 상기되어 있었다.

그리고 달콤한 향기를 풍겼다. 방심하면 꽃에 꼬이는 벌레처럼 끌려갈 것 같았다.

그 시선을 보낸 사람은 틀림없이 타르트다.

아까 그건 대체 뭐였을까?

어제 디아와 타르트에게 힘을 주는 데 성공했다.

그런고로 오늘은 종일 새로운 힘을 구사하는 훈련에 쓰기로 했다.

"아하하하, 이것 봐, 루그. 【다중 영창】은 최고야!"

디아가 웃으며 마법을 썼다.

얼핏 보면 평범한 【총격】 같았다.

하지만 지금까지 썼던 【총격】과는 차원이 달랐다.

철을 만들고, 변형시키고, 탄환을 넣고, 통 안에서 폭발시킨다.

그 일련의 공정은 본래 순서대로 이루어지고 그런대로 시간이 걸린다.

하지만 디아는 네 가지 공정을 동시에 수행하여 이전과는 비교도 안 되는 속도로 【총격】을 쓰게 되었다.

"역시 디아야. 벌써 네 개나 동시에 영창할 수 있다니. 나는 네 개를 동시에 영창하기까지 일주일이 걸렸어."

디아의 방식은 완전한 동시 영창이 아니었다. 더 고도의 기술이었다.

원하는 타이밍에 영창이 완료되도록 미묘하게 개시 시간과 영창 완료 시간을 조정하고 있었다.

그렇기에 총 형태가 만들어지자마자 탄환을 장전하고 순식간에 발사할 수 있는 것이다.

훌륭하게 구사하고 있었다.

"이거, 나랑 상성이 좋은 것 같아."

"술식을 처리하는 연산 속도가 나보다 높은 거겠지."

디아는 마법 천재다.

……아니, 그것만으로는 설명이 안 된다.

나는 유년기 때부터 일반인이라면 망가질 만한 부하로 뇌를 단련하고 그걸 【초회복】으로 고치며 성장을 이어 왔다.

아무리 디아가 천재여도 나는 인간의 틀을 초월했다. 발상력과 제어 센스라면 몰라도 연산력으로 나를 이기는 것은 불가능하다.

뭔가 스킬을 가지고 있어서 그게 작용한 거라고 생각해야겠지.

"감정지를 써 본 적 있어?"

"없어. 그거, 우리나라에서는 전혀 입수할 수 없거든."

"그런가. 그럼 어떻게든 손에 넣어서 시험해 보자. 타르트도."

감정지는 입수할 수 없으니 쓸 수 없는 물건으로 취급하여 선택지에서 제외했었다.

그걸 만들 수 있는 인재는 국가가 보호했고, 국가의 허가가 없으면 발행되지 않았다.

발로르 상회의 정보망과 돈이 있어도 손에 들어오지 않았다. ……정말로 얻고 싶으면 귀족, 그것도 상당한 권력을 가진 자를 매수해야 했지만 그건 몹시 위험했다.

그러나 현재 내 입장과 성기사의 특권을 사용하면 손에 넣을 수 있다.

타르트와 디아, 각자가 가진 스킬을 확인해야 했다.

"기대된다. 루그처럼 나도 스킬이 있을지도 몰라."

"분명 저는 재능 따위 없을 거예요."

"그렇지 않아. 분명 있어."

S랭크나 A랭크는 확률이 너무 낮지만, 나머지 랭크는 가지고 있어도 전혀 이상하지 않았다.

스킬을 알고 그걸 사용하게 되면 더욱 강해진다.

훈련이 끝나면 바로 감정지를 준비하자.

"참고로 디아는 다중 영창을 몇 개까지 동시에 할 수 있어?"

"으음~ 최대 여섯 개까지. 그렇지만 여섯 개를 동시에 쓰려면 전부 간단한 술식이어야 해."

"호오, 나보다 많네."

나는 최대 다섯 개. 그 다섯 개도 제어가 불안정해져서 확실하게 쓸 수 있는 것은 네 개까지다.

"이거, 이것저것 써 보고 알았는데 동시에 영창하는 것뿐만 아니라 동시에 여러 속성의 마력으로 변환할 수도 있어."

"그렇겠지. 안 그러면 아까처럼 철을 만드는 땅 마법과 폭발을 일으키는 불 마법을 동시에 쓸 수 없어."

"오히려 나는 그쪽이 더 신경 쓰여. 지금까지는 단일 속성 마력만 쓸 수 있다는 제한이 있었지만, 이거라면 여러 속성 마력을 이용하는 마법을 만들 수 있지 않을까?"

……생각도 못 했다. 마법은 단일 속성 마력을 쓰는 것이라는 고정 관념이 있었던 탓이다.

이건 아주 재미있는 발상이다.

"나도 생각해 볼게. 할 수 있는 일이 너무 많아서 오히려 곤란한데."

"이런저런 아이디어가 너무 많이 떠올라서 설레지만 고민되지. 당장 생각나는 것만 해도, 물과 불로 수증기 폭발이라든가, 바람과 불로 화염 폭풍이라든가, 땅과 불을 동시에 쓸 수 있다면【총격】보다 더 효율적인 방법이 있어. 총이라는 형태를 만들 것 없이 폭발로 쇠 파편을 뿌리면 되잖아. 진짜 재밌겠다!"

이쯤 되면 진화다.

지금까지와는 차원이 다른 마법을 만들 수 있을 것이다.

방금 디아가 생각난 대로 말한 것도 전부 매우 유용했다.

"으음~ 마지막 마법은 지금 당장 만들 수 있을 것 같아. 지금껏 만들었던 마법의 마이너 체인지고, 잠깐만 기다려 봐."

그렇게 말하고 포셰트 안에서 종이와 깃펜을 꺼낸 디아는 그 자리에 주저앉아 식을 술술 적기 시작했다.

마법 개발은 디아의 삶의 일부가 되어서 나보다도 많은 규칙성을 알았고 코드를 쓰는 방식도 능숙했다.

디아라면 즉흥으로 마법식을 만드는 것도 가능할지 모른다.

"응! 다 됐다. 루그, 마법으로 만들어 줘."

그리고 그걸 마법으로 만들려면 【식을 짜는 자】라는 스킬이 필요해서 내 협력이 필수였다.

"읊는 건 상관없는데, 안전한 거지?"

"애인을 믿어."

디아가 적은 식을 보았다. ……그렇군. 이거라면 안전할 것 같다.

영창을 시작했다.

【다중 영창】으로 여러 마법을 외울 때처럼, 다른 속성인 불과 땅, 그 두 가지로 마력을 변환했다.

……간단히 성공했다.

영창이 끝나고 마법이 완성됐다.

"【산탄】."

100개가 넘는 예리한 쇳조각, 그것들이 폭발에 의해 전방으로 비산했다.

역시 디아, 확실하게 전방으로만 퍼지도록 설계했다.

대구경 산탄총에 필적하는 일격이었다.

사정거리는 전방으로 10m쯤, 10m 지점에서 옆으로 5m 정도 효과 범위가 있었다.

이번에는 마력을 적게 담아서 썼지만, 마력을 더 담으면 쇳조각의 수와 폭발의 위력이 올라가서 더 흉악해진다.

코드 수도 적어서 영창에 걸리는 시간은 4초 정도.

"좋은 마법이야. 사정거리는 【총격】보다 못하지만, 근거리라면 이쪽이 나아."

"나 같은 마법사 타입은 상대가 접근하면 곤란하니까. 이거라면 요격할 수 있어."

확실히 그럭저럭 괜찮은 사정거리에 광범위하게 퍼지는 공격을 회피하는 것은 거의 불가능하다. 산탄이면서 한 발 한 발에 충분한 위력이 있었다.

근접전에서는 포인트 공격인 【총격】보다 범위 공격인 【산탄】이 훨씬 강하다.

디아도 내가 마법으로 만든 식을 영창하고 만족스러운 표정을 지었다.

"이렇게 계속 개발해 주면 좋겠어."

"흐흥, 기대해. 이왕 만드는 거, 4속성 마력을 전부 쓰는 마법을 만들어 버릴 거야! 굉장한 아이디어가 떠올랐단 말이지. 사용하는 게 기대돼."

땅·불·바람·물. 전부를 사용하다니 잘 상상이 안 간다.

하지만 디아가 굉장한 아이디어라고 했으니 기대가 된다.

그 후 우리는 복수 속성 마법에 관해 한동안 이야기를 나눴다.

새로운 개념이 하나 더해지며 무한한 가능성이 펼쳐져서 무심코 열중하고 말았다.

정신 차리고 보니 한참 시간이 지난 뒤였다.

이야기가 일단락되었기에 디아 곁을 떠나 타르트에게 갔다.

"열심히 하고 있네."

"네, 몸이 가벼워서 느낌이 좋아요!"

타르트는 창을 사용해 품새를 따라 움직이고 있었다.

급격하게 신체 능력이 향상되어 제대로 몸을 다루지 못했다.

빠르고 강하지만 낭비가 있었다.

그러나 기초가 되는 토대는 이미 철저히 단련했다. 익숙해지는 데 그리 시간은 걸리지 않을 것이다.

……다만 문제는 지금부터다.

"타르트, 슬슬 【야수화】를 시험해 보는 게 어때? 효과 시간을 포함해서 여러 가지로 검증해야 하잖아."

【야수화】는 상시 발동 스킬이 아니다.

임의 발동이고 제한 시간이 있다.

잘 운용하려면 발동하기까지 소요되는 시간, 효과 시간, 재사용하기 위한 조건 등등을 알아 둬야 했다.

타르트에게 이 스킬을 준 나도 쓸 수 있기에 대충 상상은 가지만, 애초에 모티프가 된 동물 자체가 달라서 정확한 데이터를 얻고 싶었다.

"네, 저기, 그게, 여러 가지 문제가 있어서, 그건 다음에 해도 괜찮지 않을까 해서요."

"문제가 있어도 유용한 힘이야. 자유자재로 구사하면 무기가 돼."

"으으으, 알겠습니다. 할게요."

어딘가 태도가 이상했다.

마치 뭔가를 각오한 것처럼 보였다.

……그러고 보니 어제 【야수화】를 쓴 뒤로 모습이 이상했었지.

타르트가 힘을 담아 【야수화】를 발동시켰다.

귀여운 여우 귀와 복슬복슬한 꼬리가 나타났다.

어제는 복슬복슬한 꼬리 때문에 속옷이 흘러내리고 치마가 뒤집혔지만 오늘은 안 그랬다.

어제 중으로 타르트의 옷을 새로 맞췄다.

먼저 속옷은 골반에 걸쳐 입는 형태로 하고, 상의의 기장을 늘려서 치마를 덮게 했다.

그리고 상의와 치마가 겹치는 부분에 꼬리 구멍을 준비했다. 이거라면 무리 없이 복슬복슬한 여우 꼬리를 밖에 꺼낼 수 있다.

노린 대로 꼬리가 얼굴을 쑥 내밀었고 치마도 뒤집히지 않았다.

어제 꼬리가 나오는 위치를 분명하게 확인하고, 옷을 만들 때 확실하게 치수를 잰 보람이 있었다.

"타르트의 전투 데이터가 필요해. 가볍게 공격을 주고받아…… 아니, 시합하자. 제대로 맞붙지 않으면 얼마나 강해졌는지 알 수 없으니까."

나는 그렇게 말하고서 천으로 끝부분을 감싼 나무창을 건네고 검을 들었다.

"네! 루그 님! 루그 님을 먹어 버리겠어요!"

【야수화】의 영향인지 타르트의 눈빛이 평소와 달랐다.

평소에는 심약해 보이고 얌전한 인상을 주는데 오늘은 호전적으로 보였다. 아니, 단순히 호전적인 것을 넘어 눈을 번뜩이고 있었다.

타르트와 시합할 때는 항상 나를 이길 수 있을 리가 없다는 미혹이 전해졌지만 오늘은 나를 잡아먹겠다는 의지가 전해졌다.

다만 묘한 위화감이 들었다. 확실히 공격적이고 나를 잡아먹을 생각인 것 같지만, 조금 다른 것 같았다.

어쨌든 진심으로 나를 쓰러뜨리려고 하는 것은 재미있었다.

【야수화】를 사용한 타르트가 얼마나 강한지 전력을 다해 살펴보자.

Episode16

제16화 — 암살자는 패배한다

The world's best assassin, to reincarnate in a different world aristocrat

타르트와의 시합이 시작됐다.

평소의 심약한 타르트와는 다르다.

그 느낌은 옳았다.

전법부터 달랐다.

원래 타르트는 나와 겨룰 때 우선 모습을 살폈다. 그런데 오늘은 느닷없이 전력으로 돌진하여 창을 찔렀다.

가장 빠르면서 공격 거리를 벌 수 있는 일격이었다. 강제로 선공을 잡으려고 했다.

검을 무기로 쓰는 내가 도저히 공격할 수 없는 거리에서 가하는 공격은 효과적이다.

'빠르네.'

【야수화】로 속도가 상승했으리라고는 생각했지만 그 예상을 뛰어넘는 속도였다.

하마터면 시작하자마자 당할 뻔했다.

……신체 능력이 향상된 상태에서 【야수화】의 힘까지 보태졌는데 신기하게도 타르트의 기량이 충분히 발휘되고 있었다.

아까 연습하면서 보였던 어색한 모습이 거짓말 같았다.

돌진 찌르기를 검으로 간신히 미끄러뜨렸지만, 타르트는 곧장 창을 되돌려 연속 찌르기로 전환했다.

좋은 간격이었다.

검이 닿지 않아 일방적으로 공격할 수 있는 거리에서 발을 멈추고 연속 찌르기를 가해 창의 이점을 살렸다.

게다가 빠르고…… 묵직했다.

이렇게 빠른 연속 찌르기인데 그저 손목 힘으로만 찌르는 게 아니라 공격 하나하나에 체중이 실려 있었다.

손목 힘으로만 찌르는 것이었다면 튕겨서 틈을 만들고 단숨에 거리를 좁혔겠지만, 이 정도 무게와 속도라면 그건 불가능했다.

창에 대응하며 거리를 좁히려고 했으나 이쪽에서 다가간 만큼 물러났다.

냉정하고 정확한 움직임이었다.

숨이 차기를 기다리려고 했지만 체력도 강화되어 있었다. 수비하고 있을 뿐인 내가 먼저 뻗을 듯했다.

손이 저릿해졌다. 이 이상은 막을 수 없다. 패배가 슬금슬금 다가왔다.

"오늘 타르트는 평소와 좀 다르구나!"

하지만 질 수는 없다.

거리를 좁힐 수 없다면 차라리 물러나자.

뒤로 힘껏 뛰었다.

창도 닿지 않을 거리로. 재정비다. 찌릿찌릿한 손과 거칠어진 숨을 어떻게든 하자.

타르트가 일순 경직됐다.

창과 검이 싸울 때, 검을 쓰는 측은 얼마나 간격을 좁힐 수 있는지가 중요하다.

그런데 내가 도리어 거리를 둔 것이 예상외였으리라.

하지만 그 망설임도 한순간이었고, 당연하다는 듯 벌어진 거리를 돌진 찌르기로 좁히려 들었다.

……흠, 냉정하고 효율적이긴 하지만 단순했다. 날 상대로 똑같은 전법을 쓰는 것은 어리석은 짓이다.

이건 교정이 필요하겠어.

나는 타르트가 돌진 찌르기를 위해 발을 내딛는 것에 맞춰 성큼 앞으로 나갔다.

"앗."

타르트가 당황했다.

타르트의 돌진 찌르기는 위력을 내기 위해 발을 내디디며 창을 찔렀다.

하지만 이렇게 거리를 좁히면 창을 찌르기 위한 거리가 사라지며 위력이 격감했다.

뭐, 그래도 검의 공격 범위까지는 거리를 좁히지 못했다.

하지만 내 목적은 따로 있었다.

이쪽도 그냥 앞으로 나온 게 아니라 돌진 찌르기.

내 목적은 어중간한 일격이 된 창이었다.

창끝과 칼끝이 부딪쳤다.

그리고 창이 부서졌다.

길이가 짧은 만큼 강성은 원래 검이 더 세다.

하물며 타르트의 찌르기는 간격이 짧아져서 어중간했다. 맞부딪치면 이렇게 된다.

그리고 무기가 부서져서 당황하는 타르트와 처음부터 부술 생각이었던 나 사이에 차이가 생긴다.

타르트가 경직된 시간을 이용하여 한 발 앞으로, 바싹 근접하여 레프트 쇼트 어퍼컷.

검을 거두어들이는 것보다 이쪽이 훨씬 빠르다.

골이 흔들려 의식이 날아갔을 터.

하지만 타격감이 가벼웠다.

'제법이네.'

쓴웃음을 지었다. 주먹으로 턱을 치는 순간, 타르트는 스스로 고개를 젖혔다. 그 탓에 충격은 약해졌고, 타격점이 어긋나며 뇌진탕을 일으키지 못했다.

타르트는 전혀 반응하지 못했다. 대처하지 못할, 반드시 명중할 공격이었다. 하지만 짐승의 본능, 제육감에 의해 반사적으로 막았다.

【야수화】로 이렇게까지 강화될 줄이야.

몸을 젖힌 타르트의 눈이 빛난 것 같았고 곧이어 둔탁한 충격에 내 몸이 반으로 꺾였다.

타르트의 무릎이 배를 가격하고 있었다.

"커헉."

거기에 추격타가 날아왔다. 위에서 팔꿈치를 내리찍었다. 이 상태로는 움직일 수 없어서 둔중한 충격과 함께 넘어졌다.

타르트가 쓰러진 내 위에 올라타 내 양쪽 어깨를 눌렀다.

"후우, 후우."

숨을 몰아쉬며 타르트가 나를 내려다보았다.

맹수의 표정이었다.

귀엽게 보였던 여우 귀의 인상이 확 바뀌어 진짜 육식 동물처럼 보였다.

"졌어. 설마 타르트에게 깨질 줄이야. 비켜 주지 않을래?"

타르트가 어깨를 누르지 않고 목에 일격을 가했다면 나는 죽었다.

즉, 이 시합은 타르트의 승리.

모의전에서 타르트에게 진 것은 처음이었다.

나도 아직 안일하다. 이번 패인은 쇼트 어퍼컷을 날린 순간 승리를 확신한 것이었다.

그 탓에 니킥을 맞았다.

……마음 한편으로 자만하고 있었을지도 모른다. 다시 연마해야 겠다. 상대의 죽음을 확인하지 않고 끝났다고 생각하다니 암살자 실격이다.

"루그 님~."

시합이 끝났는데 타르트는 비키지 않았다.

비키기는커녕 흥분 상태는 계속되고 있었고, 어깨에 가해지는 힘은 오히려 점점 세졌다.

짐승의 투쟁 본능인가? 아니, 뭔가 다르다. 본능은 맞지만 이건 좀 더 형형한 무언가다.

그런 생각을 하고 있는데 옷이 찢겼다.

굉장하네.

이 옷은 마력을 주입하여 뽑은 실로 만든 방어구인데.

타르트가 몸을 기대고 비비적거렸다.

복슬복슬한 여우 꼬리가 휙휙 흔들렸고, 때때로 허벅지 부근에 닿아서 간지러웠다.

귀여운 동작이기는 하지만 힘이 엄청나서 전혀 움직일 수 없었다.

여우형 【야수화】는 각력 특화라고 생각했으나 완력도 확실하게 강화되어서 내 근력을 웃도는 모양이었다.

"하아, 하아, 루그 님~."

믿을 수 없을 만큼 몸이 뜨거웠다.

그리고 머리를 아찔하게 하는 냄새가 나서 나까지 이상해질 것 같았다.

이제야 알겠다.

타르트의 눈에서 보이는 뜨거운 뭔가는 수렵 본능 따위가 아니었다. 그저 단순히 발정했을 뿐이었다.

……요컨대 지금 나는 타르트에게 사냥감이고 한창 덮쳐지는 중인 듯했다.

그럼 어떻게 할까.

옆을 보니 디아와 눈이 마주쳤다.

이쪽을 빤히 보고 있었다.

역시 애인 앞에서 다른 여성에게 덮쳐지는 건 남자로서 좋지 않지.

타르트도 첫 경험이 대낮에 밖에서 강간인 것은 기쁘지 않으리라.

다만 여기서 저항하면 이성을 잃은 타르트에게 호된 꼴을 당한다.

움직이지 못할 때까지 혼내 준 다음에 느긋하게 맛보자고 생각할 것이다.

'……어쩔 수 없지. 나도 【야수화】를 쓸까.'

그걸 쓰면 【야수화】한 타르트보다도 근력이 앞서서 밀어낼 수 있다.

가능하다면 여러 가지 의미에서 쓰고 싶지 않지만, 그런 소리를 하고 있을 때가 아니었다.

여차여차하는 사이에 타르트가 꾸물꾸물 움직여 몸을 비비는 단계에서 다음으로 넘어가려고 했다.

슬슬 정조가 위험한 단계였다. 서두르자.

하지만…….

"꺅! 앗, 앗, 저, 제가, 무슨 짓을, 죄송해요! 루그 님, 전혀, 그럴 생각은 없었는데! 그게, 어어, 그게."

여우 귀와 여우 꼬리가 사라진 순간, 짐승 같은 욕망으로 번들거렸던 눈이 평상시 눈으로 돌아왔고, 연기가 피어오를 듯 새빨개진 타르트가 손으로 얼굴을 가렸다.

"그, 뭐냐, 일단은 거기서 내려오고 의복을 정돈해 줘."

"흐아, 넵!"

흐트러진 차림으로 올라타 있던 타르트가 허둥지둥 내려가려다가 넘어져서 한층 한심한 모습을 보였다.

응, 평소의 타르트다.

서둘러 의복을 정돈하고 고개를 푹 숙였다.

"죄송합니다. 저, 눈앞이 새빨개져서, 정신 차리고 보니 그런 짓을."

"알고 있어. 【야수화】의 단점이지."

타르트에게 나를 강간하고 싶다는 소망이 있지는 않을 것이다.

"으으으, 이런 힘, 이제 안 쓸 거예요."

"혹시 이렇게 되리라는 예감이 들어서 처음에 쓰기 싫어했던 거야?"

나는 당연히 디아와 내가 귀엽다고 연호한 탓인 줄 알았다.

"저, 그게, 처음으로 【야수화】했을 때, 루그 님을 보고 있으니 이상한 기분이 들어서, 그래서."

"그랬구나. 하지만 잘 훈련하면 이성으로 억제할 수 있을 거야. 기억 못 할지도 모르지만 타르트는 나를 이겼어. 그 정도 힘을 못 쓰는 건 아깝잖아."

【야수화】한 타르트는 강했다.

신체 능력 향상, 야성의 감. 그뿐만 아니라 망설임이 없었다는 것이 강함으로 이어졌다.

타르트는 너무 착하고 겁이 많다. 상대에 대한 배려와 부족한 자신감에서 오는 망설임이 전투를 방해했다.

그것을 【야수화】가 없앴다.

"힘낼게요. 하지만 만약 제가 이상한 짓을 하려고 하면 그때는 막아 주세요."

"약속할게."

이번 일은 내게도 뼈아픈 교훈이 되었다.

나도 더 정진이 필요하다.

그런 우리 곁으로 디아가 다가왔다.

"뭔가, 루그. 아까 저항다운 저항을 안 했단 말이지. 혹시 타르트에게 덮쳐지고 싶었어? 그런 걸 좋아하는구나. 흐응."

화난 건가 싶었지만, 표정과 동작을 보아하니 오히려 나를 놀리고 싶은 듯했다. 그래도 살짝 질투가 섞여 있는 느낌이었다.

"그 상태에서 섣불리 자극하면 위험했어. 그뿐이야."

"그랬구나. 알겠어. 하지만 나는 루그가 어떤 성벽을 가지고 있든 간에 받아들일 거야."

"안 믿고 있지?"

"타르트의 여우 귀와 복슬복슬한 꼬리를 묘하게 마음에 들어 했던 거, 딱히 신경 안 써."

그건가.

확실히 여우 귀가 난 타르트는 귀엽다. 꼬리를 베고 자고 싶다는 생각이 들 만큼.

다만 【야수화】한 타르트의 꼬리를 베고 자는 것은 위험하다. 자는 동안 무슨 짓을 당할지 모른다. 타르트가 능력을 자유자재로 구사하게 될 때까지 기다리자.

◇

그로부터 일주일이 지났다.

타르트도 디아도 새로운 능력을 잘 구사하게 되었고, 감정지도 준비되어 닷새 후에는 도착하게 되었다.

그리고······.

"드디어 왔나."

마족으로 추정되는 존재가 북쪽 영지에서 발견되어 파견 명령이 떨어졌다.

성기사로서 하는 첫 일.

마족과 싸울 준비는 되어 있다.

마족 살해 마법이 어디까지 통용될지 시험해 보자.

이것의 성공에는 큰 의미가 있다.

이 마법이 성공하면 에포나를 죽이지 않고 이 세계를 구할 수도 있을 것이다. 용사가 아닌데도 마족과 마왕을 죽일 수 있는 자가 잇달아 나타나면 용사의 부담은 가벼워지고, 에포나가 재앙으로 바뀔 가능성은 격감하기 때문이다.

무사히 성공시키고 싶다.

다시금 그렇게 생각했다.

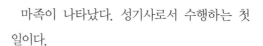

Episode17

제
17
화

암살자는 조사한다

The world's
best
assassin, to
reincarnate
in a different
world
aristocrat

마족이 나타났다. 성기사로서 수행하는 첫 일이다.

타르트와 디아, 두 사람과 함께 현지로 향했다.

……역시 마차는 느리네.

다음에 원시적인 자동차라도 만들까. 그 정도라면 만들 수는 있다.

다만 험한 길을 어떻게 주파할지가 문제였다.

차차 생각해 보자.

"첫 일이네요. 반드시 성공시키고 싶어요."

"나도 같은 기분이야. 버리는 패라고 생각하고 있을 중앙의 너구리들이 다시 보게 만들어야지. 싸우기 전에 다시 말해 둘게. 마족 살해 필드가 실패하면 그 시점에 패배라는 걸 기억해 둬. 실패하면 도망치는 데 전념해."

마족은 용사만이 죽일 수 있다.

그 섭리를 비트는 마법을 만들었다. 그게 유일한 승산이었고, 그 승산이 뒤집히면 끝이다.

그때는 퇴각한다.

물론 그냥 도망치지는 않는다. 왜 효과가 없었는지 알아낼 재료 정도는 가지고 돌아갈 생각이다.

"아, 맞다. 그거 말인데, 30초 정도라면 나도 그 필드를 쓸 수 있어."

"정말?"

"아! 의심하다니 너무해. 나중에 보여 줄게."

30초라고 해도, 마족 살해 술식을 쓸 수 있는 사람이 나 말고 또 있다는 것은 큰 이점이다.

마족 살해 필드를 쓰는 동안에는 마력 소비가 너무 심해서 전투력이 격감한다.

디아에게 발동을 맡길 수 있다면 공격에 전념할 수 있다.

혹은 암살하는 것조차 가능하다.

"굉장해요. 저는 그거 전혀 쓸 수 없었어요."

"타르트는 육탄전 담당이고 나는 마법 담당. 특기 분야가 달라. 보통 루그처럼 전부 잘하지는 못해. ……나도 타르트처럼 앞에 나서서 싸우고 싶지만, 아무리 팔 굽혀 펴기를 해도 이 모양인걸."

디아는 그렇게 말하며 알통을 만들었으나 그 팔은 너무나도 가늘었다. 그리고 팔뚝이 말랑말랑해서 부드러워 보였다.

단련하고는 있지만, 뭘 해도 근육이 잘 붙지 않는 체질이었다.

"그리고 마족 살해 술식을 다시 연구했는데, 이거 날릴 수 있을 것 같아."

"날린다고?"

디아는 손을 총 모양으로 만들어 「탕~」 하고 말했다. 귀엽다.

"응, 지금은 술자 주위에 필드를 전개하잖아? 하지만 압축한 필드를 이렇게 탄환을 쏘는 느낌으로 날려서 착탄에 반응해 필드가 펼쳐지는 식으로 만들 수 있어. 그러면 효과 시간은 짧아지겠지만. 아마 내가 쓰면 2초 정도려나. 루그여도 10초쯤이 한계일 거야.”

……대체 어떻게 술식을 개변하면 그렇게 되는 건지 상상도 가지 않았다.

하지만 디아가 가능하다고 하니 가능할 것이다.

30초가 2초로 줄어든 것은 자신을 기점으로 계속 방출하는 것과 달리 탄환으로 만들어 쏘는 이상, 순간 방출량에 의존하기 때문이다.

“그거 좋은데. 개발해 주지 않을래? 용도가 많을 것 같아. 도착하기 전에 완성한다면 최고겠지.”

“최대한 노력해 볼게. 하지만 기대하지 마.”

그렇게 말하자마자 디아는 서류를 펼치고 뭔가를 계산하기 시작했다.

기대하지 말라고 해도 기대하게 된다.

그동안 나는 2초 안에 마족을 죽일 방법을 생각하자.

……성공률은 암살이 월등히 높다.

다만 문제는 이번에 나타난 마족에 관한 정보가 너무 적다는 것이다. 나라에서 보낸 자료가 미묘했다.

이래서야 계획을 세울 수 없다. 부족한 정보는 현지에서 보충할 수밖에 없겠지.

◇

마차는 며칠을 달려 목적지에 도착했다.

이웃 나라와의 국경에 있는 도시로, 지방 도시 중에서는 비교적 큰 곳이었다.

그 지역적 특성 때문에 교역 거점으로 번성하고 있었다.

석재의 명소이기도 해서 아름다운 석조 거리는 관광 명물로 유명했다.

그런 도시가……

"이래서야 흡사 정글이네요."

"사람이 한 명도 없어."

녹색으로 덮여 있었다.

돌로 만들어진 집들을 덩굴이 휘감았고, 가도 한복판에 수목이 난립해 있었다.

그런데도 생명의 기운은 없었다.

동물은 물론이고 벌레조차 없었다.

우리는 도시의 입구에서 그 비정상적인 모습을 바라보고 있었다.

자료를 다시금 보았다.

처음에는 그저 나무 한 그루였다고 한다. 그것이 엄청난 기세로 퍼져서 전부 집어삼켰다.

완전히 녹색에 침식되기 전에 도망친 사람들은 살았다.

하지만 녹색에 침식된 후에는 누구도 여기서 나오지 못했고, 군대가 구출하러 갔지만 한 명도 돌아오지 않았다.

도시에 기생한 식물들을 통째로 태우려고도 해 봤지만 그것도 실패했다고 들었다.

나무들은 평범한 화력에 타지 않았고, 강력한 재생 능력이 있어서 불이 붙어도 거의 효과가 없었다고 한다.

작전은 실패. 작전에 종사한 병사들은 한 명도 남김없이 『녹색에 먹혔다』.

소각에 실패한 시점에 마족 짓일 가능성이 크다고 판단하여 내게 의뢰가 왔다.

"있지, 루그. 여기 들어갈 거야? 녹색에 먹혔다는 게 사실이라면 전방위 죄다 적이야."

"도시에 들어가기 전에 해야 할 일이 있어. 타르트랑 디아는 내 뒤로 와."

……이 의뢰를 받으면서 하나 확인했다.

녹색에 침식된 사람들을 살려야 하는가.

이에 대한 답변은 「생존자가 있을 가능성은 절망적이니 어떤 수단을 써도 상관없다」였다. 그래서 다소 거친 일도 가능했다.

물론 나도 살릴 수 있는 사람은 가능한 한 살리고 싶다.

하지만 아무도 돌아온 사람이 없다는데 이 숲의 특질조차 모르는 상태로 대책 없이 돌입할 마음은 없었다.

그래서 이곳에 발을 들이기 전에 밖에서 실험해야 했다.

"이 식물들이 하나라는 거, 디아한테는 보이지?"

"응, 마력이 깃들어 있고, 전부 기분 나쁠 정도로 똑같아. 전부 하나가 아니라면 불가능해."

"나도 같은 의견이야. 그래서 찔러 보려고. 녀석들의 마력 흐름을 잘 봐 줘."

첫 번째 실험.

우선 사람 체온만큼 덥힌 고기를 도시에 던졌다.

하지만 아무런 반응도 없었다.

다음으로 여기 오는 도중에 산 가축용 돼지를 도시로 보냈다.

돼지가 도시에 들어가 수목에 접근했을 때였다.

"꾸에에에에에에에에에엑!"

어디선가 뻗어 나온 덩굴이 돼지를 포박했고 나뭇가지들이 박혔다. 돼지는 농담처럼 쪼그라들어서 이윽고 가죽과 뼈만 남았다.

"끔찍하네. 사람들은 이렇게 사라진 건가."

"나무가 생물을 잡아먹다니…… 저런 위험한 나무가 도시 전체에 있다면 다들 이미 잡아먹혔을 거예요."

타르트가 입을 틀어막았다.

나무에게 잡아먹힌다.

타르트의 말대로 녀석들이 이렇게나 도시 전체에 퍼져 있으니 살아 있는 사람은 한 명도 없을 것이다.

거리낌 없이 다음 실험을 할 수 있겠다.

"디아, 네 눈으로 보기에 어때?"

디아는 내가 분부한 대로 잘 보고 있었다. 시술받아 손에 넣은 투아하데의 눈으로.

"고기를 먹었을 때, 마력이 부풀었어. 부푸는 페이스가 느릿했으니 아마 영양을 마력으로 변환하고 있는 걸 거야."

즉, 이 나무들은 마력을 저장하기 위해 누군가가 풀어 둔 것이라고 생각해야 했다.

"좋아, 첫 번째 실험은 만족스러워. 두 가지 사실을 알았어. 다음으로 넘어갈까."

미리 준비해 둔 나무통을 도시에 던졌다. 기름이 가득 든 통이었다.

나무통은 데굴데굴 굴러가서 가도를 막듯이 선 수목에 부딪혔다.

여기까지는 아무런 반응도 없었다.

나무통을 노리고 불화살을 쐈다.

통이 쪼개지며 기름이 쏟아지고 인화.

불태우기 위해 조합한 특별한 기름이었다. 거대한 불기둥이 솟았다.

……돼지를 넣었을 때처럼 불기둥을 향해 나뭇가지가 뻗었다. 마치 스스로 불타러 가듯.

"강력한 재생 능력이 있다고 듣긴 했지만 이 정도일 줄이야."

"하지만 평범한 재생이야. 루그가 말했던 마족 특유의 불합리한 복원과는 다른 것 같아. 마력도 상당히 쓰고 있고, 전혀 불사신이 아니야."

타자마자 바로 복원되었다.

하지만 그건 그저 재생력 강화의 연장선이었다.

잠시 후 불은 꺼졌고, 수목은 아무 일도 없었던 것처럼 서 있었다.

"그걸 알았으면 충분해. 다음은 더 요란하게 깡그리 태워 버릴 거야."

파우치에서 팔석을 꺼냈다.

이 팔석도 오늘을 위해 준비한 것이었다.

평소에는 불 속성 마력, 바람 속성 마력, 땅 속성 마력을 일정 비율로 담는다.

대량의 바람이 불의 폭발력을 높이고 쇳조각을 뿌리는 매우 강력한 폭탄으로 운용하고 있었다.

하지만 이번에는 불과 바람만 담았다. 폭발이 아니라 불을 중시하여 태우는 데 특화했다.

이 녀석이라면 나무통을 가득 채운 기름과는 비교도 안 되는 초고온을 광범위하게 퍼뜨려 연옥을 만들 수 있다.

일반 마력 보유자 300명분의 마력이 담겨 있으니까.

팔석에 마력을 담자 임계에 도달해 금이 가기 시작했다.

그것을 투척.

도시 안에서 폭발했다.

홍련의 불길이 단숨에 번지며 도시 한편을 삼키고 연옥이 현현했다.

"무섭지만 예뻐요."

타르트가 멍한 얼굴로 불길을 바라보았다.

불이 꺼진 후, 불길의 중심에 있던 수목은 재도 남아 있지 않았다. 주위 집들은 돌로 만들어진 덕분에 검은 자국에 덮인 채 간신히 원형이 남아 있었다.

검은 자국은 휘감겨 있던 수목들의 흔적이었다.

"이 녀석들은 마족이 아니야."

"응, 아마 마족이 자기 능력으로 만들어 낸 마물일 거야."

이 나무들 전부가 마족의 일부일지도 모른다고 의심했었다.

하지만 그렇지 않았다.

매우 재생력이 높은 나무 마물에 불과했다. 아마도 접붙이기 방식으로 계속 늘어나는 성질을 가졌을 것이다. 그래서 전부 동일한 마력이 흘렀다.

이 사실은 고마운 면과 귀찮은 면이 있었다.

마족의 일부라면 초화력으로 태워 봤자 무한히 재생하므로 절대로 수를 줄일 수 없지만, 그저 강력한 재생 능력을 가진 마물이라면 수를 줄일 수 있다.

다만 귀찮은 점은 마족과 연결되어 있다면 그 연결을 따라가 마족을 발견할 수 있었을 텐데 그렇지 않은 이상, 이 넓은 도시에 있을 마족을 찾아야 했다.

"디아, 타르트, 도시에 들어가자. 마족 탐색이야."

"네! 하지만 위험하지 않을까요?"

"맞아. 꽤 넓은 범위를 태웠지만 아직 위험한 나무들이 널려 있어!"

"괜찮아. 내 근처에 있는 한은 말이야."

내가 두려워하지 않고 앞으로 나아가자 타르트와 디아가 불안한 얼굴로 찰싹 붙었다.

도시에 들어가도 공격받지 않았다.

그건 내가 불사른 구획을 지난 뒤에도 변함없었다.

바로 옆을 지나도 수목들은 꿈쩍도 하지 않았다.

"이거, 대체 어떻게 된 건가요?"

"아까부터 루그는 마법을 쓰고 있는데 그것 때문이야?"

"맞아. 도시에 들어오기 전에 실험했잖아. 먼저 평범한 고기를 던져도 나무들은 반응하지 않았어. 하지만 이어서 보낸 돼지에는 반응했지. 나무에는 눈이 없어. 시각으로 사냥감을 찾는 게 아니야. 의심해야 할 요소는 진동, 열, 소리, 그리고 호흡. 고기가 근처에 떨어져도 눈치채지 못했으니 진동과 소리는 제외. 맨 처음 고기를 사람 체온만큼 덥혔으니 열도 제외. 그렇게 되면 호흡밖에 없어. 자세히 말하자면 배출하는 이산화탄소. 그게 이 녀석들의 센서야."

첫 실험에서는 어떻게 사냥감을 찾는지 테스트했다.

그 결과가 생물이 내뱉는 이산화탄소였다.

나무통으로 불기둥을 만들었을 때 나뭇가지들이 불을 향해 다가온 것도 그 가설을 뒷받침했다.

"그래서 루그는 주위의 바람을 휘감아서 위로 날리고 있는 거구나."

"맞아. 그러면 이렇게 가까이 있어도 나무들은 눈치 못 채."

숨을 희석해서 하늘로 날린다.

이 정도 마법이라면 마력 자동 회복량이 소비량을 따라잡아서 고되지 않았다.

넓은 도시에서 무수한 수목들의 공격을 받으며 마족을 찾다가는 마족과 싸우기 전에 녹초가 된다.

그리고 수목들이 마족과 감각을 공유하고 있을 가능성이 있었다.

선수를 치려면 수목들과 싸워서는 안 된다.

우선 적을 발견한다. 그것도 저쪽이 알아차리기 전에 찾는 것이 베스트다.

앞으로 가자.

다행히 준비해 둔 비장의 카드는 이곳의 주인에게 효과가 클 것 같다.

Episode18

제
18
화
─
암
살
자
는
끄
집
어
낸
다

The world's
best
assassin, to
reincarnate
in a different
world
aristocrat

마족에게 멸망당한 도시를 걸었다.

우리의 목적은 마족을 찾는 것. 그리고 저쪽도 권속을 불태운 우리를 찾고 있을 것이다.

먼저 상대를 찾는 자가 압도적으로 우위에 선다.

이쪽의 유리한 점은 바람을 조종하여 배출하는 이산화탄소를 하늘로 보내 권속의 센서를 무력화하고 있다는 것이다.

마족은 권속과 감각을 공유하고 있어서 평소 같으면 도시 전체가 보인다.

그런 상대이기에 빈틈이 생긴다. 어쨌든 생물은 나무 괴물의 눈으로부터 도망칠 수 없으니 나무 괴물이 배치된 곳에는 없다고 믿어버리기 때문이다.

……이런 믿음의 허를 찌르는 것이 암살자다. 카메라가 있으니 안심, 경비원이 있으니 안심, 군견이 있으니 안심. 그런 『안심』이 바로 우리에게는 딱 좋은 사냥감이다.

"루그 님, 어떻게 마족을 찾으실 건가요?"

"바람을 이용한 탐사용 마법을 써서 도시를

샅샅이 찾고 있어. 그래도 못 찾으면 조금 거친 방법으로 끄집어내
야지."

녹색 괴물들 사이를 빠져나가며 우리는 걸었다.

주위를 경계하고 적을 찾으면서.

그리고 군데군데 물건을 떨어뜨렸다.

두 시간쯤 지나자 한 바퀴를 다 돌았다.

다행인지 불행인지 마족과는 만나지 않았다.

"맨 처음 장소로 돌아왔네. 거친 방법을 쓰자."

"아까부터 루그가 여기저기 뿌린 거, 그거지?"

"맞아. 특수한 팔석이야."

그랬다. 나는 도시를 한 바퀴 돌면서 팔석을 뿌렸다.

전부 오늘을 위해 준비한 화염 특화 팔석이었다.

합계 스물두 개.

도시를 통째로 불사를 수 있는 수였고, 그것도 최대한 효과적으
로 배치했다.

"저기, 루그 님. 팔석은 임계점까지 마력을 담아야 폭발하죠? 두
고 와도 의미가 없지 않나요?"

"물론 그렇지. 하지만 기폭시킬 준비는 해 뒀어. 디아와 둘이서
만든 마법을 걸었거든. 대기에 가득한 마나를 흡수하는 술식. 흡
수하는 강도를 조절하여 임계점에 도달하는 시간을 조정할 수 있
어. 말하자면 시한폭탄이려나. 팔석 스물두 개가 동시에 폭발하도
록 계산했어."

"그거, 하나만 터져도 위력이 엄청난 폭탄 스물두 개가 한꺼번에 터진다는 말씀인 거죠? 대체 얼마나 어마어마한 일이 벌어지는 건가요?"

"도시 하나를 통째로 태워 버릴 거야. 그런 장치야."

도시에 생존자가 있을 가능성이 있다면 쓸 수 없는 방법이다.

하지만 녹색 괴물로 뒤덮인 도시에 생존자 따위 있을 리가 없다.

그리고 마족을 쓰러뜨리기 위해서라면 무슨 짓을 해도 좋다고 국가가 허락했다.

그렇다면 도시를 통째로 불살라도 상관없다.

"저기, 루그. 뭐 하러 이런 일을 하는 거야? 마족은 【마족 살해】 필드가 없으면 죽여도 의미가 없잖아? 확실히 저 나무 괴물은 짜증 나고 위험하지만, 팔석 낭비 아닐까?"

"약 올리는 거야. 저 나무 괴물이 사람을 먹어서 마력으로 변환하여 저장하는 걸 봤지? 도시 하나를 통째로 집어삼킨 건 어떤 이유로 대량의 마력이 필요했기 때문이겠지. ……아니면 그 마력으로 나무 괴물을 늘려서 전력을 증강하는 것 자체가 목적일지도 몰라. 그렇게 고생해서 만든 걸 망가뜨리면 마족도 평정심을 유지할 수 없어. 도시를 한 바퀴 돌았는데도 적이 발견되지 않았어. 철저히 화를 돋워서 저쪽에서 나오게 해야지."

그런 이야기를 하는 사이에 도시 밖으로 나왔다.

도시 안에 있으면 우리까지 불타 죽는다.

그리고 밖에서 부감하는 편이 적을 발견하기 쉽고 적에게 발견되기 어렵다.

도시 입구에서 수십 미터 떨어진 장소에 깊은 참호 같은 것을 만들어 숨었다.

특수한 망원경을 사용해 구멍 안에서도 도시의 모습을 볼 수 있었다.

"내 계산으로는 앞으로 1분쯤 뒤에 시작돼."

대기 중의 마나 농도에 따라서 오차는 있지만 크게 벗어나도 10초 정도.

지금쯤 팔석에 금이 가기 시작했을 것이다.

마족이 도시 하나를 멸망시키면서까지 저장한 마력과 증식시킨 권속들을 지금부터 전부 없앤다.

아무리 온후한 녀석이어도 폭발할 터다.

……분노는 판단력을 흐린다. 상대의 화를 돋우는 것은 매우 유효한 수단이다.

"시간 됐나."

압도적인 마력의 고조가 여기까지 전해졌다.

"둘 다 절대로 얼굴을 내밀지 마. 이 참호는 바람 결계로 열과 화염을 차단해. 여기서 조금이라도 나가면 죽어."

불에 직접 닿지 않더라도 이 정도 규모의 폭발이다.

주변 일대의 산소를 전부 태울 것이다. 그런 공기를 마시면 한 방에 아웃이다.

"알겠어."

"앗, 네."

타르트가 무서운지 달라붙었고 디아도 그걸 보고 따라 했다.

10초 후.

세계가 빨간색에 휩싸였다. 붉은 화염이 참호 위를 지나갔다.

모든 것이 빨강 일색.

팔석 22개, 즉, 6600명분의 마력이 일으킨 폭발은 세계를 빨간색으로 덮어씌웠다.

홍련의 불길은 어떠한 존재도 허락하지 않았다.

모든 것을 삼키고, 번지고, 그러고 나서 거짓말처럼 전부 사라졌다.

불이 타오르려면 공기가 필요하다.

팔석에 바람 마력도 넣어서 공기를 공급했지만 그것조차 순식간에 태워 버린 결과였다.

다음 순간, 공기가 사라진 것으로 인해 주위에서 노도와 같은 기세로 바람이 불어와 간신히 원형을 유지하던 소수의 건물조차 부서져서 날아갔다.

마치 악몽 같았다.

구멍 속에 있지 않았다면 우리도 아득한 저편으로 날아갔을 것이다.

모든 것이 끝나고 순서대로 망원경을 통해 밖을 살폈다.

둘 다 아직 구멍에서 얼굴을 내미는 것은 무서운 듯했다.

"도시가, 도시가 사라졌어요."

"……마력 보유자 한 명이 도시를 파괴하는 걸 넘어 도시를 소멸

시키다니, 처음 들었어."

파괴라는 말로는 부족하다.

이건 소멸이다.

흔적도 없이 도시가 사라져서 도시였던 것은 공터가 되었다.

팔석 스물두 개를 효율적으로 운용하면 이렇게 된다.

정말로 아무것도 없었다.

"있지, 루그는 마음만 먹으면 왕도도 이렇게 만들 수 있어?"

"할 수 있어. 왕도에 숨어들어서 적절한 배치로 팔석을 두고 탈출하면 끝이야. 간단하지. 그러니까 이런 일을 할 수 있다는 건 비밀이야. 위험인물로 찍혀."

이 대참사는 전부 마족 탓으로 넘긴다. 아무리 무슨 짓을 해도 된다는 허락을 받았다고는 하지만, 도시를 없애 버리면 나중에 어떤 클레임이 들어올지 모른다.

그리고 내 신변이 위험하다.

"그렇지. 윗사람들이 보면 마족보다 루그를 더 무서워할지도 몰라. 오늘 감시인이 없어서 다행이야."

"감시인이 있었다면 다른 수단을 썼을 거야."

마음만 먹으면 몇 시간 만에 도시를 없앨 수 있는 인간.

그런 존재는 위정자에게 그저 공포일 뿐이리라.

마왕과 마족이라는 위협이 있을 때는 그래도 살려 두겠지만, 위협이 사라지면 제거되는 것이 당연하다.

그 녀석이 어쩌다 미치거나 타국에 매수당하면, 혹은 나라를 지배하고 싶다는 야심을 품으면 그것만으로도 나라가 멸망한다.

물론 나는 그럴 생각이 없다. 하지만 그런 일이 가능하다는 것만으로도 위험하다.

안전을 위해 제거하는 것은 지극히 합리적인 생각이다.

……마왕을 쓰러뜨린 후 에포나가 이상해지는 것은 그런 합리적인 판단에 의한 처사를 당하기 때문일지도 모른다.

만약 내가 진심으로 에포나를 죽이지 않고 세계를 구할 거라면 용사의 힘만을 죽이는 방법을 생각해야 한다.

평범한 인간이 마족을 죽이는 방법을 발견했다. 불가능하지는 않을 것이다.

"저래도 마족은 살아 있을까?"

"죽었을지도 모르지만 되살아나. 과연 마족은 자신이 쌓아 올린 것이 전부 날아갔는데도 냉정하게 있을 수 있을까? 이렇게나 당하고서도 꼭꼭 숨어 있다면 어쩔 도리가 없어. 그때는 또 다른 도시에서 똑같은 짓을 할 테니까 그쪽도 다시 날려야지. 그렇게 언제가 올 인내의 한계를 기다려야 해. 그런 일을 하고 싶지는 않지만."

구멍 안에서 바깥을 살폈다.

도시…… 아니, 원래 도시였던 공터를 지그시 보며 움직임이 없는지 확인했다.

이건 먼저 적을 발견하는 게임이고 인내심 싸움이다.

2~3분쯤 지났을까.

폭발음이 났다.

소리의 발생원은 원래 도시였던 곳의 중앙.

땅울림이 여기까지 전달됐다.

"으아아아아아아아아아아아아아, 인가아아아아아아아아안, 감히이이이이이이이이이이이이, 내가, 내가, 여기까지 키운 숲으으으으으으으으으으으으으으으을! 조금만, 조금만 더 있으면 열매를 맺었는데에에에에에에에에에에에에에에, 죽여 버리겠어어어어어어어어어, 죽여 버리겠어어어어어어어어어어어어!"

노발대발했다.

소리치고 마구 날뛰며 통곡했다.

장수풍뎅이 같은 검은 뿔과 녹색 갑각을 가진 인간형 마족. 특히 상체가 육중했고, 날카로운 갑각 때문에 매우 공격적으로 보였다.

수목을 다루니 마족 자신도 그런 생물일 줄 알았는데 의외로 사람과 곤충의 요소를 둘 다 가진 충인(蟲人)이었다.

……방어력과 파워, 그리고 속도를 겸비한 강적.

성가시다.

하지만 아무래도 이 승부는 내가 이긴 것 같다.

일방적으로 이쪽에서만 적을 발견했다.

그렇다면 나머지는 간단하다. 죽일 뿐.

"디아, 타르트, 신호하면 정면으로 가. 나는 측면으로 돌 테니까."

"그 계획으로 가는구나."

"확실하게 디아 님을 지키겠어요!"

디아가 마족을 죽이기 위한 필드를 펼치고 그런 디아를 타르트가 지킨다.

그리고 나는 사각지대에서 죽인다.

마족은 팀으로서 힘을 합쳐야만 죽일 수 있다.

……마족 살해 필드는 첫 실전 투입이다. 녀석을 죽일 마법도 실전에서는 처음 쓴다.

그래도 불안하지는 않았다.

이 팀이 암살하지 못할 존재는 없다.

그런 생각이 들 만큼 나는 디아와 타르트를 신뢰하고 있었다.

Episode19

제
19
화
─
암살자는 기회를 엿본다

The world's
best
assassin, to
reincarnate
in a different
world
aristocrat

장수풍뎅이 마족이 발광하며 날뛰었다.

저 녀석은 『조금만 더 있으면 열매를 맺었는데』라고 했다.

그 열매라는 것이 녀석의 목적이고, 그걸 위해 도시 하나분의 인간을 먹어 치웠다.

……그 열매가 인간에게 이롭지는 않았으리라고 상상이 갔다.

결실을 방해한 것만으로도 충분한 성과이리라.

그리고 또 하나 수확이 있다.

녀석의 몸에는 상처 하나 없었다.

그 도시에 있었으니 무조건 불탔을 터.

강력한 재생 능력을 가진 마물일 가능성도 있지만, 재생할 수 있을 만한 위력의 화염은 아니었다. 부활이라고 봐야 하니 십중팔구 마족이다.

"타르트, 디아, 이 좋은 기회를 살려서 확실하게 죽이자."

"네!"

"응, 알고 있어."

저 녀석은 적어도 도시에 침입자가 있었다는 것은 눈치채고 있었다.

그런데도 요란한 움직임은 보이지 않았으니 본래는 신중한 성격일 터. 그 신중한 녀석이 모처럼 이성을 잃었다.

죽일 거라면 기회는 지금뿐이다.

타르트와 디아가 정면으로 공격하러 나갔다.

나는 기척을 지우며 측면으로 돌았다.

미리 몇 군데 선정해 둔 저격 포인트 중 한 곳으로 간다.

거기서 비장의 일격으로 없앤다.

이번에 준비한 술식은 영창에 시간이 걸린다. 【다중 영창】 너머에 있는 【고속 영창】을 쓰더라도 전투 중에는 사용할 수 없을 만큼.

그래서 몸을 숨기고 암살할 수밖에 없었다.

……타르트, 디아, 아무쪼록 잘해 줘.

그녀들의 힘을 믿으며 나는 내 일을 완수하기로 했다.

◇

타르트와 디아는 달렸다.

그녀들의 마음에는 공포가 있었다.

루그가 수술해 준 투아하데의 눈으로 마력을 볼 수 있기에 장수풍뎅이 마족이 간직한 지대한 힘을 이해하고 말았다.

저런 괴물에게 덤비는 것은 자살 행위다.

심지어 상대는 폭발해서 광폭성을 드러내고 있었다.

"타르트, 알고 있지? 어차피 상처 입혀도 재생해. 우리가 해야 할 일은 이 자리에 붙잡아 두며 시간을 버는 거야."

"네, 움직임을 막아서 디아 님이 확실하게 【마족 살해】를 날릴 수 있도록 틈을 만들게요."

"응. 그렇게 부탁해. 내가 쏠 수 있는 건 두 발이 다니까. 꽤 여유 없을지도."

디아는 【나를 따르는 기사들】로 힘이 향상되어 【마족 살해】를 발동할 수 있었다.

그리고 마차에서 이야기했던 날리는 【마족 살해】도 완성시켰다.

하지만 발동할 수 있다고는 해도 마력을 무식하게 소비하는 마법이었다.

【초회복】과 【성장 한계 돌파】로 점점 마력량이 늘고는 있지만 두 발이 한계다.

딱 한 발만 빗맞힐 수 있다는 것은 상당한 압박이었다.

장수풍뎅이 마족이 타르트와 디아를 포착했다.

"네년들이냐아아아아아아아아아아아아!"

그저 외쳤을 뿐인데 그것이 충격파가 되어 타르트와 디아는 날아 갔다.

착지하여 타르트는 앞으로 나가고 디아는 그 자리에서 영창을 시작했다.

【다중 영창】을 이용한 복합 마법.

예전에는 쓰지 못했던 【포격】.

거대한 포가 생겨나 텅스텐 탄환을 사출했다.

디아가 쓸 수 있는 마법 중에서는 최고의 관통력을 가진 마법이었다.

목표는 오른쪽 허벅지. 죽이는 것이 목적이라면 그곳은 노리지 않는다.

하지만 그저 움직임을 봉쇄할 목적이면 다리는 괜찮은 부위다.

노린 대로 탄환이 오른쪽 허벅지에 꽂혔다.

디아의 마법 제어가 아주 정교하기에 가능한 정밀 사격.

두꺼운 강판조차 뚫는 그 일격은 갑각을 깨고 절반쯤 박혔다.

……그건 마족의 갑각이 강판보다 더 단단하다는 것을 의미했다.

타르트와 디아의 표정이 살짝 굳었다.

"아파아아아아아아아아아아아아아, 망할 년이이이이이이이이이이이이이이이!"

아무것도 들지 않고 팔을 치켜들어 투척 자세를 취했다.

갑각 일부가 날아왔다.

음속조차 초월한 일격이 디아를 향해 비래했다.

타르트는 바람을 휘감은 창으로 갑각 끝을 찔러 틀어지게 했다. 후방에 착탄하고 폭발음이 났다.

정면으로 막았다면 확실하게 손목이 나갔을 테고, 애초에 평범한 인간은 반응조차 못 했으리라.

하지만 타르트는 투아하데의 눈에 마력을 담아 시력을 강화한 상태였다.

"빈틈을 발견하면 되도록 빨리 부탁드릴게요. 아마 그렇게 오래
는 못 버텨요."

"응, 너무 오래 기다리게 하지 않을 거야."

둘이서 고개를 끄덕였다.

타르트가 목에 약을 주사했다.

루그도 썼던, 일시적으로 뇌의 제한을 해제하는 약이었다.

일시적으로 감각이 예리해지고 마력 방출량도 오르지만 10분도
안 되어 나가떨어지게 된다.

그래도 타르트는 이걸 쓰지 않으면 바로 죽을 것이라고 판단하여
사용했다. ······그리고 그 판단은 옳았다.

순간 마력 방출량이 크게 올랐고, 그 상태에서 【야수화】했다.

여우 귀와 꼬리가 튀어나왔다.

그러면서 감각은 더욱 예민해지고 신체 능력이 현저히 향상됐다.

"루그 님의 적, 깨물어 부수겠어요!"

흉악한 웃음을 지었다.

【야수화】하면 타르트는 광폭성이 커진다.

그걸 억누르려 하지 않고 오히려 몸을 맡기는 방법을 훈련 중에
배웠다.

타르트는 내부의 충동을 굳이 억제하지 않고 본능을 따라 돌진
했다.

그것을 요격하듯 장수풍뎅이 마족이 팔을 내밀었고 그 팔에서
바늘이 날아왔다.

완전한 기습이었다. 하지만 타르트는 극한까지 감각이 예리해져 있었기에 아슬아슬하게 목을 틀어 피하고 그대로 창을 찔렀다.

하지만 갑각에 간단히 막히고 말았다.

"지금 뭔가 했나?"

"……빌어먹을 벌레 같으니."

타르트는 발을 멈추지 않고 그대로 배후로 돌아들어 무방비한 등에 힘껏 일격을 가했다. 하지만 그것도 소용없었다.

반대로 장수풍뎅이 마족이 아무렇게나 휘두른 일격을 무난하게 피하고 거리를 뒀다.

그 후로도 다양하게 궁리하며 공격했지만 전부 소용없었다.

너무나도 단단한 데다가 갑각의 이음새도 특수한 피막에 덮여 있어서 창끝이 박히지 않았다.

애초에 【포격】으로 겨우 탄환이 살에 박힐 만큼 단단했다. 아무리 신체 능력을 강화했어도 창 따위로 꿰뚫을 수 있을 리가 없었다.

그래도 타르트는 속도로 압도하며 계속 창을 찔렀다.

"너무 느려서 하품이 나오네요. 망할 벌레!"

속도가 너무 달라서 장수풍뎅이 마족은 전혀 따라잡지 못했다.

오른쪽 허벅지에 박힌 탄환도 움직임을 둔하게 만드는 요인이었다. 관통하지 않고 살에 박힌 것이 결과적으로는 더 좋았다.

그 결과, 장수풍뎅이 마족은 타르트를 정면으로 붙잡지 못하여 일방적으로 농락당했다.

하지만 결코 타르트가 우위인 것은 아니었다. 아무리 공격해도 유효타는 하나도 없었으니까.

오히려 타르트의 숨이 거칠어졌다.

이 속도가 아니면 붙잡히지만, 이 속도를 계속 유지할 수 있을 리 없다.

이대로 가면 발이 멈추고 치명적인 일격을 받는다.

그러지 않더라도 【야수화】의 한계가 온다.

……그랬다. 아무 짓도 안 하고 현재 상황을 유지하면 장수풍뎅이 마족은 이길 수 있었다.

그랬는데 폭발하고 말았다.

"깔짝깔짝 깔짝깔짝 짜증 난다고!"

대지에 주먹을 때려 박았다.

돌멩이가 무수히 주위로 튀었다.

타르트는 대부분을 피했지만 몇 개는 미처 피하지 못하고 맞았다.

좋지 않게도 배에 맞아서 타르트가 무릎을 꿇었다.

정통으로 맞았다. 숨조차 제대로 쉬지 못했다.

그런 타르트 곁으로 장수풍뎅이 마족이 울적한 웃음을 머금고 걸어와 주먹을 치켜들었다.

"사라져라아아아아아아아!"

주먹이 떨어진다.

절체절명의 상황인데도 타르트의 입꼬리가 올라갔다.

사실 배에 맞은 일격은 루그가 만든 충격 흡수 내의와 마력으로 방어한 덕분에 그다지 대미지가 없었다.

이건 연기였다.

연기한 이유는 하나. 몸을 쉬면서 영창할 시간을 벌기 위해.

타르트는 마력으로 신체 능력을 강화하면서 동시에 마법을 영창하지 못했다.

그래서 이렇게 움직이지 못하는 척하며 시간을 벌어야 했다.

마법이 발동하여 타르트가 전기를 휘감았다.

타르트와 장수풍뎅이 마족이 엇갈렸다.

장수풍뎅이 마족은 간 떨어지게 놀랐을 것이다. 타르트의 움직임은 아까보다 훨씬 빨랐다. 번개 같은 속도였다.

그리고……

"으아아아아아아아아아아아아아아아."

조금 전까지 전혀 의미가 없었던 일격에 장수풍뎅이 마족이 까무러쳤다.

아까와 마찬가지로 창은 갑각을 뚫지 못했다.

하지만 전기는 갑각을 타고 안쪽까지 침식했다.

고압 전류가 흘러서 장수풍뎅이 마족이 강제로 행동 불능에 빠졌다.

하지만 타르트도 한계였다. 여우 귀와 꼬리가 사라지며 무릎을 꿇었다.

약으로 무리해서 힘을 끌어낸 것, 실전에서 오는 스트레스, 다양한 요인으로 연습할 때보다 빨리 한계가 와 버렸다.

"디아 님!"

타르트가 매달리듯 외쳤다.

이것이 타르트가 디아에게 줄 수 있는 처음이자 마지막 기회였다. 똑같은 수법은 통하지 않는다. 여력도 없다. 두 번째 빈틈을 만드는 일은 불가능하기에 필사적이었다.

"【마족 살해】."

디아는 손으로 총 모양을 만들어 마력 덩어리를 쐈다.

마법 완성이 너무 빨랐다. 디아가 아무리 대단해도 상당한 시간이 걸리는 마법일 텐데.

그랬다. 디아는 냉정하게 타르트의 움직임을 보고 있었다. 그리고 타르트가 마족과 교차하면서 반드시 빈틈을 만들리라고 믿고 미리 영창을 시작했다.

그래서 『지금』 영창이 완료된 것이다.

마족의 움직임이 멈춘 뒤에 영창을 시작했다면, 혹은 열세라고 생각하여 타르트를 도와주기 위해 다른 마법을 쓰려고 했다면, 【마족 살해】가 완성되기 전에 장수풍뎅이 마족의 경직이 풀리며 타르트가 만든 기회는 무로 돌아갔을 것이다.

디아는 타르트를 믿었기에 자신의 일에만 집중했고 호기를 잡았다.

디아가 쏜 마력 덩어리가 착탄.

그 포인트를 중심으로 구형 필드가 형성되며 장수풍뎅이 마족을 감쌌다.

【마족 살해】.

불합리하게 부활하는 마족을 죽일 수 있는 상태로 만드는 마법.

첫 실전 투입이라 불안했었다. 하지만 경악으로 물든 장수풍뎅이 마족을 보면 이 마법이 얼마나 효과를 발휘했는지 알 수 있었다.

디아는 루그가 있는 곳을 보려다가 꾹 참았다.

설령 1%라도 장수풍뎅이 마족이 루그를 눈치챌 가능성을 높이고 싶지 않았다.

타르트도 참고 있으니까 자신이 어리광을 부려서는 안 된다.

셋이서 하나의 팀. 팀워크는 어울려 노는 것이 아니라 전원이 완벽하게 해야 할 일을 함으로써 생겨난다.

그것이 루그의 말버릇이었고, 그 가르침을 타르트도 디아도 믿고 있었다.

디아는 그저 기다리기로 했다.

타르트는 디아를 지키고 틈을 만든다는 역할을 다했다.

디아는 마족에게 【마족 살해】를 맞힌다는 역할을 다했다.

그러니까 루그는 마족을 암살한다는 마지막 역할을 반드시 완수한다.

반드시 그럴 거라고 말할 수 있을 만큼 루그를 믿고 있었다.

그래서일 것이다. 루그가 몇 초 이내로 장수풍뎅이 마족을 죽이지 않으면 오히려 타르트와 자신이 죽는 상황에서…… 디아는 미소 지었다.

Episode20

제
20
화

암
살
자
는
저
격
한
다

The world's
best
assassin, to
reincarnate
in a different
world
aristocrat

타르트가 전격을 맞히리라고 확신했을 때부터 시작한 영창이 최종 단계에 들어갔다.

'타르트, 디아, 잘했어.'

장수풍뎅이 마족은 터무니없이 강했다.

학원에서 내가 싸웠던 기사단 부단장 정도가 덤볐다면 1분도 버티지 못하고 다진 고기가 됐으리라.

그 움직임을 멈추고 【마족 살해】를 맞혔다.

저런 일이 가능한 사람은 저 두 사람뿐일 것이다.

타르트와 디아가 자기 역할을 완벽하게 다 했다.

그렇기에 나는 내 역할을 다한다.

투아하데의 눈에 마력을 담아 장수풍뎅이 마족을 보았다.

마력의 흐름이 잘 보였다.

그리고 마력과는 다른 힘도.

마족을 불사신으로 만드는 힘. 그것이 빨간 보석이 섞인 심장에 모여 있었다.

본래 빨간 보석이 섞인 심장은 개념적인 것

233

이라 눈으로 인식할 수 없고 간섭할 수 없다. 하지만 【마족 살해】
로 실체화하면 이야기가 다르다.

모든 신경을 저격에만 집중했다.

이곳은 장수풍뎅이 마족과 200m쯤 떨어진 곳이었다.

거리가 멀어질수록 공격의 정확도는 떨어지고, 도달 시간은 길어
지며, 위력도 격감한다.

하지만 그런 것은 관계없었다.

내가 새로 만든 마법이라면 이 정도 거리는 전혀 문제 되지 않았
다. 오히려 절대 들키지 않을 위치에서 정확하게 노린 일격을 쏘는
것이 가장 중요시된다.

새로운 마법은 【충격】의 정통 진화.

초정밀 사격과 초위력의 양립을 추구했다.

지금까지 비장의 카드였던 【궁니르】는 위력은 있지만 사용하기가
너무 어려웠다.

착탄까지 시간이 너무 오래 걸렸고, 효과 범위가 너무 넓어서 쓸
수 있는 상황이 한정되었으며, 정확히 노리기 어려웠다.

그렇기에 새로운 마법으로 그 결점을 전부 극복했다.

처음에는 【포격】을 더욱 진화시키는 방향으로 만들려고 했다. 하
지만 만들 수 있는 한계까지 강도를 높인 합금을 마력으로 코팅
강화해도 버틸 수 있는 폭발에는 상한이 있었다.

그 상한으로는 비장의 카드라고 할 만한 위력이 나오지 않았다.

그래서 도달한 답이 폭약이 아닌 다른 방법으로 탄환을 가속하

여 사출하는 마법이었다.

그 이름은······.

"【레일건】."

내 키만 한 장총이 대지에 고정되어 있었다. 엎드려서 장총에 손
을 올렸다.

탄환을 장전.

【레일건】에 적절한 특성을 지니게 한 합금. 라이플탄 크기면서 중
량은 1킬로그램 가까이 나갔다.

건 스탠드가 장총을 고정하고 있었다.

마법의 이름을 【레일건】으로 지었을 정도다. 기구도 그에 준했다.

특수한 재질의 레일 사이에 탄환을 넣어 접촉시킨 상태로 강한
전류를 흘린다. 그로 인해 탄환과 접촉하는 부분에서 자기장의 상
호 작용이 생겨 추진력이 생긴다.

······원리 자체는 그렇게 어렵지 않지만 상당히 정밀한 기구였다.

발사할 때마다 장총을 만들어 낼 수는 없기에 평소에는 【두루미
혁낭】에 수납하고 있었다.

말하자면 【레일건】이라는 마법을 쓰기 위한 지팡이였다.

장총에 팔석을 넣고 드디어 마법 영창이 끝났다.

【레일건】은 【다중 영창】을 이용하여 쓰는 세 가지 마법의 복합 마법.

팔석에는 무색 마력이 담겨 있었다. 팔석이 파열하여 무색 마력
이 흘러넘치고 첫 번째 마법에 의해 전기로 변환되었다.

아까 타르트가 사용했던 전격 마법은 이 마법을 만들 때 생긴

부산물이었다.

첫 번째 마법으로 매우 큰 전류가 장총에 흘렀다.

그와 거의 동시에 두 번째 마법이 발동했다.

그 마법은 급속도로 장총을 냉각시켜서 거의 절대 영도에 이르게 했다.

전기 저항을 줄이기 위한 마법이었다.

강한 전류가 흐르면 열이 생기고, 그 열에 기구가 일그러져서 최악에는 파손된다.

하지만 절대 영도에 가까워지면 저항은 거의 제로가 되고 열은 생기지 않는다.

즉, 냉각 마법은 장총을 지킬 뿐만 아니라 저항에 의한 손실을 없애서 위력을 높이고 정밀도를 올리는 역할이었다.

그리고 세 번째 마법이 발동. 바람막이 마법이었다. 평범하게 쏘면 목표에 도달하기 전에 탄환이 전부 타 버린다.

【레일건】의 사출 속도는 그 정도였다.

이 마법이 있기에 목표에 도달하는 것이었다.

탄환이 사출되었다.

……투아하데의 눈으로도 전혀 포착할 수 없었다.

쏘고 난 순간, 장수풍뎅이 마족의 가슴에 큰 구멍이 뚫려 있었다.

한 박자 후 뒤늦게 여파로 마족의 몸이 갈가리 찢겼다.

그리고 그 아득한 후방에서 대지에 착탄하여 크레이터가 만들어졌다.

"노린 대로 초정밀 사격에 나무랄 데 없는 위력. 쓰기 좋은 마법이야."

만족스럽게 고개를 끄덕였다.

이보다 저격에 적합한 마법은 없을 것이다.

무인도에서 실험해 봤는데, 전력으로 쏜 【레일건】의 속도는 초속 5.9km, 음속의 약 17배 정도였다.

그 위력은 17.4MJ.

전차포의 두 배나 되는 에너지양을 라이플탄에 담은 엄청난 병기였다. 한 점에 위력이 집약되어 관통력은 몇 배나 크다.

탄환 크기로 이 정도 운동 에너지를 보유하고 있으면 온갖 외부 요소를 오차로 정리할 수 있다.

게다가 착탄까지 걸리는 시간이 폭력적으로 짧았다.

200m 거리를 0.03초에 도달한다. 그것도 사격 정확도를 올리는 큰 요인이었다. 도달하기까지 걸리는 시간이 짧을수록 중력 등의 영향은 적다.

이 【레일건】의 가장 큰 무기는 정확도다.

그저 목표를 향해 똑바로 쏘면 그대로 맞는 꿈같은 무기였다.

이렇게 암살에 특화된 마법은 없을 것이다.

위력은 【궁니르】보다 못하지만 쓸모는 훨씬 많았다.

굳이 결점을 찾자면 팔석에 담긴 마력의 전기 변환과 다른 두 가지 마법에 내가 낼 수 있는 모든 마력이 요구되고 제어가 어려워서 그만큼 집중할 필요가 있기에 완전히 무방비해진다는 것이었다.

또 세 가지 마법을 동시에 써야 하므로【다중 영창】이 없으면 사용할 수 없었다.

【나를 따르는 기사들】로 빌린 스킬이 없으면 사용할 수 없다는 것은 큰 결점이었다.

……그래도 몇 킬로미터 앞에 있는 대상을 무시무시한 위력으로 저격할 수 있는 것은 매력적이다.

다음 탄환을 장전.

마족의 코어인 빨간 보석이 섞인 심장을 확실하게 꿰뚫었다.

하지만【마족 살해】가 불완전하다면, 혹은 애초에 빨간 보석이 섞인 심장을 고정화해서 부수면 죽는다는 가정이 틀렸다면 녀석은 부활한다.

그러면 전선에 있는 타르트와 디아가 도망칠 시간을 벌기 위해 한 발 더 쏘고 전력으로 퇴각이다.

첫 저격 때와 동일한 집중력을 유지하며 녀석을 보았다.

그대로 5분이 지났다.

"부활은 안 하나."

겨우 안도의 숨을 내쉬었다.

나와 디아가 만든【마족 살해】는 완벽했고 내 가설은 맞았다.

평범한 인간이어도 마족을 죽일 수 있다.

그건 인류에게 희망이고, 동시에 에포나의 부담을 덜어 주는 것으로도 이어진다.

미래에 에포나가 인류의 적이 될 가능성이 줄었다고 생각하면 된다.

일어나서 【두루미 혁낭】에 【레일건】용 장총을 정리하려다가……
그 작업을 내던지고 즉각 뒤로 뛰어 단검을 들었다.

"어머, 눈치챘어요?"

뒤쪽 숲에서 한 여성이 나타났다.

갈색 피부에 검은 머리. 요염한 몸을 관능적인 옷으로 덮고 있었다.

그리고 보라색 눈은 뱀을 연상시켰다.

……인간이 아니다.

순식간에 그렇게 확신했다.

이런 힘을 가진 인간이 있을 리가 없다.

아마도 마족.

상황이 좋지 않았다. 지금은 혼자다. 나 혼자서는 【마족 살해】와
전투를 양립할 수 없다.

이기는 것은 포기했다.

우선은 기동력을 빼앗고, 그런 다음 유인하면서 타르트, 디아와
합류한다.

죽이는 것은 합류한 다음에.

"그렇게 경계하지 마세요. 싸울 생각 없으니까. 방해되는 그루트
를 죽여 줘서 저는 고마워하고 있어요."

온화하게 웃으며 말을 걸어왔다.

그런데도 빈틈이 전혀 없었다.

"그루트, 그 장수풍뎅이는 그런 이름이었나."

많은 상황에서 적과 이야기하는 것은 어리석은 술책이지만, 공격

할 틈이 없고 상대가 불사신이라면 이야기해서 시간을 버는 것이 유효하다.

그리고 이번에는 뭔가 정보를 끌어낼 수 있다는 이점이 있었다.

고작 두세 마디였지만 이 마족은 내가 모르는 것을 알고 있다고 확신했다.

"맞아요. 참고로 저는…… 아니지, 이름은 좀 더 깊은 관계가 된 다음에 알려 드릴게요. 그때까지 뱀이라고 부르세요. 오늘은 적을 시찰하러 왔는데, 설마 그루트가 살해당할 줄은 몰랐어요. 그게 열매를 맺기 전에 죽어서 다행이에요."

"적을 시찰하러 왔다고? 마족끼리 싸우고 있기라도 한 건가?"

"싸움이라기보다 경쟁이죠."

죽여야만 하는 이유가 늘었다.

이 녀석은 마족끼리 경쟁하고 있다고 말했다. 마족끼리 커뮤니케이션이 가능하고 커뮤니티가 있다는 뜻이다.

……즉, 이 마족이 내 존재와 내 【레일건】을 다른 마족에게 전할 위험성이 있다.

그리고 신경 쓰이는 점이 또 하나 있었다.

이 녀석은 뱀 마족이라고 밝혔다. 무르테우에서 귀환할 때, 귀족들과 함께 우리를 습격했던 왕뱀 마물을 연상시켰다.

"경쟁? 뭘 위해?"

"비밀. 어머나, 당신, 용사인 줄 알았는데 평범한 인간이에요? 흐응, 인간이 우리를 죽일 수 있다니. 규칙이 바뀌었나요? 아니면 당신이 이례적인 건가요?"

"어느 쪽일까."

또 신경 쓰이는 말이 늘었다.

규칙이 바뀌었다.

인간이 마족을 죽일 수 없는 것은 규칙. 그렇다면 그 규칙을 정한 자가 있고, 그자가 마족을 불사신으로 만들었다고 생각해야 한다.

"뭐, 좋아요. ……거래하지 않을래요? 저는 그루트가 어떻게 죽었는지 모두에게 말하지 않을게요. 물론 마족을 죽일 수 있는 인간이 있다는 것도 비밀로 하고요. 그러니까 못 본 척 넘어가 주지 않을래요?"

……더더욱 방심할 수 없어졌다.

죽일 수밖에 없다고 생각하고 있는 것과 그 이유를 간파당했다.

뱀과 싸워도 승산은 낮고, 저쪽이 제시한 조건은 나쁘지 않았다.

하지만 믿어도 될지 의심스러웠다.

"그쪽에게 상황이 너무 좋지 않아? 너는 날 죽이고 싶지 않을 거야. 그 경쟁 상대라는 것들을 처분시키고 싶을 테니까. 입 다물고 있는 건 당연한 거고, 대가를 받고 싶어. 원하는 건 정보. 어떤 마족이 더 있지? 이름은? 생김새는? 능력은? 약점은? 어디를 거점으로 삼고 있지?"

절반은 일단 찔러본 거였다.

나머지 절반은 탐색이다. 내가 예측한 그런 이유가 있다면 이 마족을 믿어도 좋다.

"인간은 똑똑하네요. 용사는 고릴라밖에 없길래 인간도 고릴라일 줄 알았어요."

"마치 용사가 인간이 아니라는 것처럼 말하네."

"그게 인간일 리가 없잖아요. 무슨 말씀을 하시는 거죠?"

비웃듯 키득거렸다.

그게 인간일 리가 없다라. 재미있는 말을 한다.

압도적인 강함을 가리키는 것은 아닌 듯했다. 뭔가가 있다.

"그래서 대답은?"

"저도 하나 질문할게요. 그 질문에 답해 준다면 그 녀석들을 팔겠어요. 크흠! ⋯⋯당신이 죽인 마족은 이번이 첫 번째인가요? 장수풍뎅이 전에 돼지를 죽이지 않았나요?"

돼지. 학원을 습격했던 마족이 떠올랐다.

"죽이려고 했지만 못 죽였어. 하지만 그게 죽은 원인 중 하나이긴 해."

다소 서비스했다.

필요한 투자기 때문이다.

뱀의 입꼬리가 찢어질 듯 올라갔다.

"흐응, 「역시나」. 교섭 성립이네요. 적절한 때에 적절한 정보를 전하겠다고 약속하죠. ⋯⋯이제 등을 돌릴 거니까 습격하고 싶으면 마음대로 해요. 하지만 습격할 거면 각오하세요. 당신뿐만 아니라 아까부터 당신이 몹시 신경 쓰는 귀여운 여자아이들도 아주 유쾌한 일을 겪을 거예요."

"그런 모습을 보이지는 않았는데."

타르트와 디아를 신경 쓰고 있긴 했다.

하지만 약점을 보일 만큼 어리석지는 않고 미숙하지도 않았다.

"행동으로 드러내지 않아도 여자는 알 수 있답니다. 당신들, 서로를 연모하는 게 귀엽네요. ……잡아먹고 싶을 만큼."

등을 돌린 뱀이 떠나는 모습을 지켜보았다.

현시점으로는 서로에게 유익한 거래가 가능한 상대다.

다른 마족의 정보뿐만 아니라 그 외의 정보도 뱀에게서 더 뽑아내고 싶다. 저것은 내가 모르는 정보를 많이 알고 있다.

뱀이 시야에서 완전히 사라진 뒤, 탐사 마법을 써서 주위에 적이 없음을 확신하고 자세를 풀었다.

"규칙조차 모르는 게임에 참가하고 있는 건 마음에 안 들어."

예전부터 생각했지만 이 세계에 관해 모르는 것이 너무 많다.

마족이란 무엇인지, 용사란 무엇인지. 그런 것조차 확실하게 몰랐다.

이기려면 전략이 필요하다.

전략을 세우려면 무엇보다도 현재 상황을 파악해야 한다. 저 뱀을 이용하여 자기가 플레이어인 줄 아는 다른 녀석들과 똑같은 시점을 손에 넣고 싶다.

다만 저 뱀 마족은 보통내기가 아니니 주의해야 했다.

나를 전혀 모르는 것처럼 이야기했지만 녀석은 나를 조사했을 터다.

이렇게 이야기하고 확신했다. 역시 무르테우에서 돌아올 때 나를 습격했던 왕뱀 마물은 저 녀석의 권속이다. ……투아하데의 눈으로 보이는 마력의 형태와 색깔이 매우 비슷했다.

귀족을 조종하여 나를 습격하게 했으면서 나에 관해 조사하지 않았을 리가 없다.

이 자리에서는 굳이 그 부분을 언급하지 않았다.

교섭 자리에 괜한 굴레를 끌고 오면 방해된다고 생각했기 때문이다.

"과연 어떻게 굴러갈까."

어쨌든 지금은 타르트와 디아 곁으로 가자.

두 사람은 열심히 했다.

칭찬해 줘야 한다.

무엇보다 내가 두 사람을 껴안고 싶다. 그런 기분이었다.

Episode21

제
21
화
——
암살자는
칭찬한다

The world's
best
assassin, to
reincarnate
in a different
world
aristocrat

뱀이 떠나는 것을 지켜본 후, 타르트와 디아 곁으로 달렸다.

그러자 나를 발견한 두 사람도 이쪽으로 달려오며 말했다.

"루그 님의 마법, 굉장했어요! 마치 빛 같았어요."

"으으으, 나도 같이 개발한 마법인데 나는 못 쓴다는 게 분해."

타르트는 눈을 반짝였고 디아는 불만스러워 보였다.

열심히 개발한 최고 걸작인데 자신은 쓸 수 없어서 불만스러운 것이다.

【레일건】을 개발하면서 참 고생했다.

상당히 섬세한 마법인 데다가 세 가지 마법을 동시에 써야 해서 조정이 어려웠다. 디아는 정말로 열심히 했다.

【나를 따르는 기사들】로 【다중 영창】을 받기 전부터 구상 자체는 있었고, 그 단계에서는 여러 마력 보유자가 역할을 분담하는 쪽으로 설계했었다.

247

당초 예정은 내가 【레일건】용 지팡이를 잡고, 디아가 불 마법을 통한 온도 조절을 응용하여 절대 영도로 만들고, 타르트가 바람 마법으로 전기 변환, 내가 공기 저항 경감과 저격을 담당하는 것이었다. 셋이 같이하면 【다중 영창】 없이도 쓸 수 있다.

그때를 위해 연습했기에 타르트는 【전격】을 쓸 수 있었다.

만약 【나를 따르는 기사들】의 힘이 사라진다면 셋이서 운용하게 될 것이다.

"머지않아 디아도 쓸 수 있을 거야. 마력량은 늘고 있지?"

"매일 열심히 노력하는데 팍팍 오르지 않아서 답답해."

"뭐, 나는 두 살 때부터 계속해서 겨우 이 정도니까. 조바심 내지 말고 계속해."

디아의 마력 제어·술식 구축 속도는 나보다 뛰어나다.

하지만 마력의 절대량이 부족해서 【레일건】에 필요한 세 가지 마법을 동시에 쓰지는 못했다.

이건 시간을 들여 조금씩 올릴 수밖에 없다.

"머리로는 알고 있지만."

"【레일건】은 무리여도 그것은 가능하잖아."

"가능하지만 그건 【포격】과 크게 차이가 없는걸."

그것이란 디아의 마력량에 맞춰 스케일을 낮춘 【레일건】을 말했다.

팔석을 통째로 쓰지 않고 파우더로 만들어서, 변환해야 하는 마력량을 억제하여 디아도 다룰 수 있는 범용 마법으로 만들었다.

그 마법을 위한 지팡이도 따로 제작했다.

【포격】과 위력…… 보유 에너지는 별반 다르지 않지만, 【포격】과 거의 비슷한 위력의 핀포인트 정밀 사격이면서 초음속이라는 점은 십이분 강하다.

"언젠가 반드시 나만 쓸 수 있는 마법을 만들 거야. 뭔가, 엄청나게 정밀한 처리 능력이 필요한 거. 늘 마력이 부족해서 분한 내 마음을 루그도 맛봐야 해. ……눈앞에 굉장한 마법이 있는데 쓸 수 없는 건 꽤 답답하다고. 후후후후."

"기대할게."

실제로 디아라면 만들어 버리겠지.

디아의 천재적인 마력 제어로만 사용할 수 있는 초초 고난도 마법.

디아는 쓸데없는 것을 싫어한다. 난이도에 필연성이 있으니 그만한 가치가 있는 마법이 될 터다.

어떤 마법이 만들어질지 기대된다.

"타르트, 몸은 괜찮아? 상당히 무리한 것 같던데."

【야수화】는 몸에 큰 부담을 준다. 게다가 약까지 썼고, 변신이 풀릴 때까지 싸웠다.

아무렇지도 않은 것처럼 행동하고 있지만 매우 힘들 터다.

"앗, 네. 조금 힘들지만 괜찮아요."

그렇게 말하지만 다리가 후들거렸고 비지땀을 흘리고 있었다.

서 있기도 힘들 것이다.

……약의 부작용도 나타나고 있었다. 【초회복】으로 회복력이 올랐으나, 그렇기에 약을 분해하면서 나오는 독소가 단숨에 분출되

어 괴로워진다.

조금 힘든 수준일 리가 없다.

나는 쓰게 웃고서 타르트를 공주님처럼 안았다.

안아 들고서 놀랐다. 타르트의 몸이 뜨거웠다. 엄청난 열이었다.

"꺅, 루그 님, 어째서."

"무리하지 마. 이대로 옮길게."

휘말리지 않도록 마부에게는 멀리 떨어진 숲에서 기다리라고 했다. 지금 타르트가 자력으로 거기까지 걷는 것은 무리다.

"그건 너무 죄송한 일이에요."

"죄송할 일은 아니야. 우리는 팀이고 서로를 받쳐 주는 건 당연해. 아니면 이러는 게 싫어?"

"……싫지 않아요. 오히려 무척 기뻐요."

타르트가 얼굴을 붉혔고, 수줍음이 한계에 달했는지 눈을 피했다.

"조금 부럽다. 하지만 오늘은 허락할게. 가장 위험하게 고생한 건 타르트니까."

디아는 그렇게 말하고 옆에 섰다.

"맞아. 잘했어, 타르트."

가장 위험한 역할을 완수한 사람이 타르트인 것은 틀림없다. 타르트를 칭찬하지 않는다면 리더 실격이다.

"그, 그렇게 대단한 일은 안 했어요. 마족을 죽일 수 있게 만든 사람은 디아 님이고, 쓰러뜨린 사람은 루그 님이에요!"

"지나친 겸손은 때로 상대를 불쾌하게 해. 나와 디아의 평가가 틀렸다는 거야?"

놀리는 듯한 부드러운 어조로 말했다.

그런데 타르트는 쩔쩔매며 이상했다.

"그, 그렇지 않아요. 저는, 절대 그런 뜻으로 말한 게."

"그럼 평범하게 기뻐해. 맞다, 루그. 타르트에게 뭔가 상을 주는 게 어때?"

"그것도 좋네. 타르트, 뭐 갖고 싶어?"

어째선지 그 질문에 연기가 날 것처럼 얼굴을 붉혔다.

"저, 저기, 그게, 단둘이 있을 때 부탁드리고 싶어요."

"흐응, 나한테 들려주기 싫은 일을 부탁하려나 보네. 야한 일?"

"그, 그런 거 아니에요!"

"그렇지. 타르트는 그렇게 대담한 아이가 아니니까."

디아는 타르트를 상대할 때면 가끔 심술궂어진다.

나름대로 귀여워하는 방식일지도 모른다.

그러다 보니 마차에 도착했다.

내가 분부한 대로 지정한 장소에서 기다리고 있었다.

……다만 아무래도 신경 쓰이는 점이 있었다.

공격에 말려들지 않도록 여기서 기다리라고 했다. 하지만 그게 전부는 아니었다. 우리의 수법을 보이지 않기 위한 일이었다.

그런 내 말을 얌전히 들은 것이 더 이상했다.

내게 마족을 죽이라고 명한 상층부는 정보를 원하고 있다.

용사가 인정할 만한 힘을 정말로 가졌는지 확인하고 싶을 테고,

어떻게 힘을 쓰는지도 궁금할 터다.

그렇지 않더라도 마족과 싸우는 척 우리가 도망치진 않을지 의심해야 했다.

마족과 정말로 싸웠는지, 마족을 죽였는지 확인할 필요도 있다.

내가 마족을 죽였다고 보고했다고 하자. 아무런 근거도 없이 그걸 믿는 쪽이 미친 거다.

그런데도 감시를 붙이지 않았다.

나는 줄곧 감시인이 없는지 살폈다. 내 기술로, 마법으로. 그런데도 감시인은 발견되지 않았다.

물론 내게 들키지 않을 만큼 뛰어난 밀정이 있을 가능성도 있지만…… 역시 투아하데를 웃도는 힘을 가졌으리라고 생각하기는 어렵다.

뭔가가 있다.

논리적으로 생각하면, 나를 감시하지 않아도 마족을 죽였는지 알 수 있는 수단이 있다고 상정해야 한다.

마족을 죽였다고 보고했을 때 상대가 어떻게 반응하는지.

무슨 근거로 이쪽의 보고를 믿는지.

주의 깊게 살펴보자.

Epilogue

에
필
로
그
│
암
살
자
는
입
을
맞
춘
다

The world's
best
assassin, to
reincarnate
in a different
world
aristocrat

우리를 태운 마차가 향하는 곳은 투아하데 령이 아니라 왕도였다.

마족에 관해 내 입으로 설명해야 하기 때문 이다.

이미 전서구를 이용해 편지는 보냈다.

그 보고서에는 마족에 관해 상세히 적었고, 어떻게 쓰러뜨렸는지 적었다.

숨길 일은 아니기에 【마족 살해】마법에 관 해서도 적었고, 【레일건】에 관해서는 대충 둘 러댔다.

【마족 살해】를 얻은 경위는 꿈속에서 여신 에게 받은 것으로 했다.

여신의 특징과 외양은 나를 이 세계에 보낸 여신을 떠올려 자세히 적었다.

어쨌든 여신이다. 뭔가 그 여신의 전승이 남 아 있을 가능성이 크고, 만약 그렇다면 신빙 성이 커진다.

나는 이 【마족 살해】를 퍼뜨리고 싶으니, 신 에게 받은 마법으로 해 두면 유리했다.

그런 권위가 있는 편이 쉽게 퍼진다.

그리고 이건 낚싯바늘이기도 했다.

잘 풀리면 목적한 것이 낚이리라.

도중에 큰 도시에 들렀다.

마차에서 잘 수도 있지만, 우리는 VIP 취급이라 가능한 한 쾌적하게 보내도록 배려해 주고 있었다.

도시에서 가장 좋은 여관의 특별한 방을 각자에게 줬다.

여관의 등급에 걸맞은 맛있는 밥을 먹고 넉넉한 목욕물로 몸을 씻었다.

입고 있던 옷을 맡기고 편한 실내복을 빌렸다.

맡긴 옷은 출발하기 전에 빨아서 돌려준다는 모양이다. 역시 비싼 만큼 서비스가 좋았다.

식사한 후에는 방으로 돌아왔다. 하녀인 타르트에게도 개인실을 잡아 줄 만큼 씀씀이가 후했다.

노크가 들려서 대답하자 타르트가 방에 들어왔다.

움직이기 편한 얇은 실내복을 입어서 그런지 타르트의 매력적인 신체를 평소보다 의식하고 말았다.

"루그 님, 그, 안녕하세요."

"상으로 뭘 받을지 정했어?"

"네! 그걸 말씀드리려고 왔어요."

타르트에게서 달콤한 향기가 나서 아찔했다.

【야수화】의 부작용 탓이었다.

타르트는 【야수화】를 쓰고 나면 하루 정도 컨디션이 망가진다.

발정의 여운으로 본인의 이성이 느슨해지고, 남자를 매료하며 이성을 누그러뜨리는 달콤한 향기와 페로몬 같은 것을 풍긴다.

즉, 어떤 남자든 타르트를 덮치고 싶어진다. 타르트의 신변이 위험하다.

다만 타르트 쪽에서 덮치고 싶은 것은 나뿐인 듯했다.

그건 다행이었다. 가리지 않고 남자를 덮친다면 【야수화】를 봉인해야 했다.

상대편이 덮칠 뿐이라면 타르트가 반격해서 때려눕힐 수 있지만, 반대라면 최악의 사태가 된다.

지금, 타르트와 단둘이었다.

디아는 옆방에서 새로운 마법을 만들고 있었다.

단둘이 있을 때 상을 부탁하고 싶다고 낮에 말했기에 디아가 배려해 준 것이다.

타르트가 가슴 앞에서 손가락을 꼼지락꼼지락 맞댔다.

타르트를 보고 있으니 목이 마르고 심장이 시끄럽게 뛰었다. 위험한데. 타르트의 향기와 페로몬에 꽤 넘어갔다.

"이상한 말을 해도 화내지 않으니까 허둥대지 않아도 돼. 그러니까 원하는 타이밍에 말해 줘."

"앗, 네."

……이렇게나 수줍어하다니 대체 뭘 부탁하려는 거지?

사고에 안개가 끼기 시작했다. 상당히 위험하다.

타르트의 말을 기다렸다.

재촉하고 싶어졌지만 그러면 타르트는 송구스러워하므로 참을성 있게 기다렸다.

2~3분 지나자 타르트가 결심하고 입을 열었다.

"키스해 주세요, 루그 님! 마력 공급이 아니라 진짜 키스가 하고 싶어요!"

가여우리만큼 새빨개져서 울상을 지으며 타르트가 잘라 말했다.

나는 얼떨떨했다.

맥이 빠졌다. 좀 더 대단한 부탁을 할 줄 알았다.

아니지. 타르트에게는 최대한의 용기를 담은 한마디다.

키스, 그것도 진짜 키스라고 했다.

지금까지 키스 자체는 마력을 공급하기 위해 했었지만, 그것과의 차이를 명확하게 의식하고 있었다.

그 말에는 나를 좋아한다는 마음과 사랑해 주길 바라는 마음이 담겨 있었다.

……타르트는 가족이다.

줄곧 그렇게 타일렀다.

하지만 어느새 올곧게 나를 연모하는 타르트가 속절없이 사랑스러워졌다.

그 사실을 깨닫자 신기하게도 【야수화】의 부작용으로 들끓던 머릿속이 또렷해지며 평소의 나로 돌아왔다.

그 상태로 대답했다.

"그래, 상관없어."

일어나서 타르트를 끌어안고 입을 맞췄다.

타르트의 소원을 들어준 것은 단순히 키스를 승낙한 게 아니라 타르트의 마음을 받아들인 것이었다.

……쑥스러우니 그 사실을 말로 표현할 마음은 없지만.

"응응, 응응응."

타르트가 그에 응했다.

너무 사랑스러웠다.

평소보다 타르트가 더 귀여워 보였다.

【야수화】한 부작용으로 풍기는 페로몬이 무관계하지는 않겠지만, 그 이상으로 마음 안쪽에서 흘러넘치는 따뜻한 것이 있었다.

타르트를 향한 마음이 북받쳐서 키스뿐만 아니라 그 너머도 생각했다.

하지만…….

"이걸로 끝이야."

"감샤함미댜."

타르트의 혀가 꼬부라졌다.

글썽거리는 눈으로 나를 바라보았다.

분명 더한 일을 하려고 해도 타르트는 받아들인다.

그걸 디아는 나무라지 않을 것이다.

하지만 지금은 이 정도가 좋다.

이 너머는 타르트에게 너무 이르다.

타르트에게는 타르트의 페이스가 있다.

"이게 진짜 키스. 너무 기뻐서 죽을 것 같아요. ……루그 님, 고 맙습니다."

"감사 인사는 필요 없어. 상으로 준 거고, 나도 타르트와 키스할 수 있어서 행복해. 다만 이걸로 상을 끝내는 건 가여워. 내일 출발 하기 전에 시장에 가자. 뭔가 선물할게."

"그, 그럴 수가, 키스해 주신 것만으로도 충분한데 선물까지."

"내가 그러고 싶어. 타르트는 조금 더 꾸미는 편이 좋아. 모처럼 예쁘게 생겼으니까."

"……예, 예쁘다니."

타르트가 과열됐다.

정말로 재미있게 반응하는 아이다.

내일은 그런 타르트를 더 귀엽게 만들 액세서리를 찾아보자.

지금은 몸뿐만 아니라 마음의 휴식이 필요하다.

왕도에 가면 귀찮은 일이 벌어질 것 같다.

이 틈에 나도, 타르트도, 디아도, 마족과 싸우며 지친 몸과 마음 을 쉬어야 한다.

◇

이튿날, 출발하기 전에 시장에 갔다.

디아가 타르트를 놀렸다.

디아는 눈치가 있어서 타르트가 진짜로 싫어할 만한 일은 하지 않는다.

디아는 타르트를 친구로 생각하며 소중히 여겼다.

"루그한테 뭘 부탁했어?"

"그, 그건, 비밀이에요!"

타르트는 어제 일을 떠올리고 헤실헤실 웃거나 얼굴을 붉히는 등 아주 바빴다. 그리고 기뻐 보였다.

본심은 자랑하고 싶을 테고, 질문받아서 기쁠 것이다.

그리고 마침내 작은 목소리로 키스를 부탁했다고 말했고 디아가 잘됐다며 미소 지었다.

그런 두 사람을 보는 것이 즐거웠다.

오늘은 큰 시장이 열려서 북적였다.

노점도 많았는데 어떤 액세서리 노점 앞에서 발을 멈췄다.

장인의 센스와 실력이 좋았다. 이거라면 타르트의 매력을 끌어내고 오래 쓸 수 있을 것 같다.

점주와 이야기해 보니 이름 있는 공방에서 일하고 있는 모양이었다. 아직 가게에 자신의 작품을 진열할 수 없어서 휴일에는 연습삼아 만든 물건을 팔아 손님의 반응을 보고 공부하며 돈을 벌어서 실력을 높이기 위한 자료와 재료를 산다고 했다.

열심히 공부하고 이 정도 센스와 실력이 있으니 그의 작품이 공방에 진열되는 날도 머지않았을 것이다.

"타르트, 여기 있는 것 중에서 뭐가 가장 예쁘다고 생각해?"

"음, 저는 이 하얀 꽃이 달린 머리 장식이 좋아요."

"타르트답네. 좀 더 화려한 것도 있는데."

디아의 말대로 더 색이 밝은 액세서리나 큼직한 액세서리, 형태가 독특한 액세서리, 화려하게 장식된 액세서리가 있는데 타르트는 그중에서 작은 흰 꽃이 달린 머리 장식을 골랐다.

"이게 곱고 귀여워서 좋아요."

타르트가 고른 머리 장식을 다시금 보았다.

하얀 광석으로 만든 귀여운 꽃이 달린 은제 머리 장식.

최소한의 꾸밈새지만 센스가 빛났다. 간소하기에 흰 꽃의 귀여움이 두드러졌다.

품위가 있었다.

이 머리 장식은 타르트를 빼닮았다. 타르트는 화려하지 않다. 하지만 확실하게 귀엽고 편안함을 준다.

"주인장, 이걸 살게."

"선물하려고? 포장에 리본을 달까?"

"아니, 이대로 줘. 이 자리에서 쓸 거니까."

머리 장식을 구입하여 타르트의 머리에 달았다.

은근한 귀여움이 타르트에게 잘 어울렸다.

"감사합니다. 소중히 여길게요."

사랑스럽다는 듯 타르트가 머리 장식을 만졌다.

"그래. ……그리고 디아, 그렇게 삐지지 마."

"딱히 안 삐졌어. 타르트만큼은 아니지만 나도 활약했는데 칭찬해 주지 않는다든가, 타르트는 상을 두 개나 받았는데 나는 하나도 없어서 슬프다든가 그런 생각 안 해."

말과는 반대로 짐짓 삐졌다고 어필했다.

"디아에게 줄 선물도 마련 중이야. 그쪽은 조금 준비가 필요해서."

"그렇구나. 기대할게. 잊어버리면 화낼 거야."

"잊어버리다니 말도 안 되지. 나는 디아를 좋아해."

나는 고개를 끄덕였다.

분명 그걸 선물하면 디아는 기뻐할 터.

재료를 준비하느라 조금 시간이 걸리고 있었다. 여기 오기 전에 입수했다고 마하로부터 연락이 왔으니 투아하데에 돌아가면 도착해 있을 것이다.

◇

약속 시간에 집합 장소에 돌아가자 우리의 마차 옆에 초일류 대장장이가 만든 한층 큰 마차가 있었다.

그리고 코뿔소의 피부를 경질화하고 근육을 비대화한 마물이 그 마차를 끌고 있었다.

……마물을 조교하여 그 힘을 이용하는 데 성공한 영지가 있다는 것은 발로르 상회의 정보망으로 알고 있었다.

다만 실물은 처음 봤다.

한눈에 알 수 있었다. 저 코뿔소의 스태미나와 힘은 말보다 훨씬 세다. 저걸 쓰면 마차보다 몇 배는 빨리 목적지에 도착할 수 있다.

그 마물 코뿔소 마차의 문이 열렸다.

그야말로 귀족 같은 차림새의 남자가 있었다.

"성기사님, 이번 마족 토벌, 훌륭했습니다. 이미 왕성에서는 그활약을 기릴 준비가 되어 있습니다. 성대한 연회를 준비했습니다. 아무쪼록 제 마차, 슬레이프니르에 타시지요."

귀족 남자가 공손하게 인사했다.

그가 누군지 안다. 그란바렌 후작.

남작가의 후계자인 내게는 까마득하게 높은 인물이었다.

심지어 이 남자, 상당히 능력이 있다.

행동거지를 보면 대략적인 강함을 알 수 있는데, 이 나라에서도 정상급인 실력자다.

그렇게 신분도 실력도 있는 인간이 굳이 우리를 데리러 왔다고?

그것도 이렇게 거창하고 특별한 마차를 이용해서?

무엇보다 마족을 쓰러뜨린 공적을 기린다고?

왕성 사람들이 내 편지만 보고서 마족을 죽였다고 판단한 것은 보통은 있을 수 없는 일이다.

절대로 뭔가가 있다.

"그란바렌 후작님, 황송합니다. 가자, 디아, 타르트."

"네! 루그 님."

"이런 마차는 좀 무섭다."

……과연 어떻게 된 걸까.

마족을 토벌했다는 내 보고를 왜 간단히 믿었지?

내 색적을 빠져나간 감시자가 있는 걸까, 아니면 마족의 죽음을 확인하기 위한 시스템이 있는 걸까.

그 밖에도 의문은 몇 개 더 있다.

이렇게 특별한 마차까지 준비해서 하루라도 빨리 우리를 왕도로 데려가려고 하는 이유를 모르겠다.

확실하게 우리를 왕도로 데려가기 위해 그란바렌 후작이라는 대단한 남자가 온 것이겠지만 그 이유도 불명이다.

알 수 없는 일들뿐이다.

알고 있는 것은 하나. 발을 들이지 않으면 아무것도 보이지 않는다는 것이다.

잇달아 의문이 늘어났다.

다만 여기서 자포자기해서는 안 된다. 의문을 하나하나 풀어 나가자.

성에서 뭔가가 기다리고 있을 것이다.

나는 온갖 상황을 생각하며 마차에 올랐다.

"재미있어졌어."

이제부터 잘못된 선택을 하면 한 방에 아웃이다.

하지만 반대로 잘 처신하면 여신이 부탁한 일을 진행할 수 있다. 그런 예감이 들었다.

『세계 최고의 암살자, 이세계 귀족으로 전생하다 3』을 읽어 주셔서 감사합니다.

작가 『츠키요 루이』입니다.

3권에서는 지금껏 숨겨져 있던 정보가 서서히 드러나고, 타르트가 여러 가지 의미에서 대활약합니다!

또한 새로운 캐릭터도 나와서 떠들썩합니다. 즐겁게 읽어 주세요.

4권에서는 다시 학원편의 멤버가 활약하고 이번에 새로 등장한 캐릭터가 이래저래 움직이기 시작합니다.

그리고 놀랍게도 4권은 드라마 CD 특별판도 나옵니다. 지금 열심히 각본을 쓰고 있으니 기대해 주세요!

선전

만화 1권이 발매 중! 스메라기 하마오 선생님이 그리는 만화는 반드시 보셔야 합니다!

그리고 다른 출판사지만 GA문고에서 『전생왕자는 연금술사가 되어 나라를 일으킨다』가 발매 중입니다! 가난한 나라에 태어난 전생 왕자가 전생의 지식과 연금술을 이용해 나라와 백성을 구할 뿐만 아니라 풍족하고 행복한 나라로 바꿔 나갑니다. 이 작품은 암살귀족과 마찬가지로 멋있는 주인공이 콘셉트이니, 본작을 좋아하는 독자님은 분명 재미있게 읽으실 수 있을 겁니다! 추천해요!

감사 인사

레이아 선생님, 3권도 멋진 일러스트를 그려 주셔서 고맙습니다. 바쁜 가운데 힘이 들어간 일러스트를 그려 주셔서 감사합니다. 새로운 캐릭터를 만들 때마다 레이아 선생님이 어떤 일러스트를 그려 주실지 기대합니다.

담당 편집자 미야가와 님. 늘 그렇지만 빠르고 성실하게 대응해 주셔서 정말 감사합니다.

카도카와 스니커 문고 편집부와 관계자 여러분. 디자인을 담당해 주신 아츠지 타카히사 님, 여기까지 읽어 주신 독자님들께 무한한 감사를 드립니다! 고맙습니다.

세계 최고의 암살자,
이세계 귀족으로
전생하다

SEKAI SAIKO N
ANNSA TSUSYA
ISEKAI KIZO
TENNSEI SURU

3권 발매
축하 드립니다!

부끄러워하는 얼굴을
잔뜩 그릴 수 있어서
즐거웠어요~~
~~˘ᴗ˘~~

세계 최고의 암살자, 이세계 귀족으로 전생하다 3

1판 1쇄 발행 2020년 10월 20일
1판 2쇄 발행 2021년 10월 22일

지은이_ Rui Tsukiyo
일러스트_ Reia
옮긴이_ 송재희

발행인_ 신현호
편집장_ 김승신
편집진행_ 원현선 · 권세라
편집디자인_ 양우연
관리 · 영업_ 김민원 · 조인희

펴낸곳_ (주)디앤씨미디어
등록_ 2002년 4월 25일 제20-260호
주소_ 서울시 구로구 디지털로 26길 111 JnK디지털타워 503호
전화_ 02-333-2513(대표)
팩시밀리_ 02-333-2514
이메일_ lnovellove@naver.com
ㄴ노벨 공식 카페_ http://cafe.naver.com/lnovel11

SEKAI SAIKO NO ANSATSUSHA, ISEKAI KIZOKU NI TENSEI SURU Vol. 3
©Rui Tsukiyo, Reia 2019
First published in Japan in 2019 by KADOKAWA CORPORATION, Tokyo.
Korean translation rights arranged with KADOKAWA CORPORATION, Tokyo..

ISBN 979-11-278-5716-5 04830
ISBN 979-11-278-5473-7 (세트)

값 9,800원

거미입니다만, 문제라도? 1~13권

바바 오키나 지음 | 키류 츠카사 일러스트 | 김성래 옮김

분명히 여고생이었을 텐데 정신을 차리고 보니
「나」는 본 적도 없는 곳에서 《거미》라는 괴물로 전생해버렸다?!
어미 거미의 동족 포식을 피해 도망쳤지만 방황 끝에 도착한 곳은 괴물들의 소굴.
독개구리, 왕뱀, 거대 늑대, 심지어 용까지 설치고 다니는 최악의 던전.
힘없는 조그만 거미인 「나」는 이곳에서 무사히 살아갈 수 있을 것인가……?
으악, 되도 않는 소리는 작작 하란 말이야!
나를 이런 상황으로 몰아넣은 놈 누구야! 당장 튀어나와!!

**수많은 인터넷 독자들이 응원하는
거미양의 서바이벌 생활, 당당히 개막!**

라이트노벨의 새로운 빛! L북스의 신간은 매월 20일에 발매됩니다. http://cafe.naver.com/inovel11

©KUROKATA 2018
Illustration : Falmaro
KADOKAWA CORPORATION

기후마법의 올바른 사용법 1권

쿠로카타 지음 | fal maro 일러스트 | 송재희 옮김

"내 인생, 비만 내리네……."
「비의 남자」인 아마미야 하루마의 인생은 언제나 비와 함께했다.
어느새 그런 체질에도 완전히 익숙해지고,
정신 차리고 보니 벌써 서른 살이 된 하루마.
매일 반복되는 업무에 녹초가 되어 돌아가던 어느 날,
하루마는 갑자기 의식을 잃고 쓰러져 버린다.
눈을 뜨니 그곳은 낯선 이세계였다.
그리고 하루마는 그 세계에서 충격적인 사실을 알게 된다.
놀랍게도 하루마의 비를 부르는 체질은 매우 희소한 「마법」이었다!
지금까지 자신의 인생을 괴롭혔던 「마법」과 정면으로 마주한 하루마는
새로운 세계에서 만난 사람들과 접하며
이 세계에서 자신이 있을 곳을 발견해 나간다—.

대인기 시리즈 『치유마법의 잘못된 사용법』의 작가 쿠로카타가 자아내는
서른 살 남자의 「적재적소」 슬로우 라이프 판타지!!

라이트노벨의 새로운 빛! L북스의 신간은 매월 20일에 발매됩니다. http://cafe.naver.com/lnovel11